Du même auteur

Trois cercueils blancs, Notabilia, 2013
Les oreilles du loup, Les Allusifs, 2008

Sur l'auteur

Né en 1974 à Bogotà, Antonio Ungar a longtemps habité en Palestine et séjourne à présent à Berlin. Écrivain et journaliste, il a figuré dans la liste des « Bogotá 39 » réunissant les trente-neuf meilleurs auteurs latino-américains de moins de trente-neuf ans. Ses nouvelles ont été publiées dans plus de vingt-cinq anthologies en cinq langues différentes. Il travaille comme correspondant pour des journaux espagnols, italiens, colombiens et mexicains, publie régulièrement des articles aux États-Unis et aux Pays-Bas, et a remporté en 2005 le prix de journalisme Simón Bolívar. Il a aussi été finaliste du prix Courrier international « Meilleur livre en langue étrangère » pour *Les oreilles du loup*, publié aux Allusifs en 2008. Son troisième roman, *Trois cercueils blancs*, lauréat du prix Herralde, a paru chez Notabilia en 2013.

REGARDE-MOI

Antonio Ungar

REGARDE-MOI

Roman

Traduit de l'espagnol (Colombie)
par Robert Amutio

NOTABILIA

Titre original : *Mírame*

c/o Schavelzon Graham Agencia Literaria
www.schavelzongraham.com

ISBN : 978-2-88250-722-8

Personne à ton côté.
Hier soir j'ai tué un homme.

LUIS TENNYSON

1

De l'autre côté de la cour, au cinquième étage du numéro 21 de la rue de C, il y a maintenant une famille.

Ils sont arrivés lundi.

Ils sont basanés.

Des Indiens ou des Arabes ou des Gitans.

Ils ont amené une fille.

*

La fille a dix-sept ans et des jambes très longues.

Les trois autres ont l'air d'être un père et deux frères, ils sont tous habillés pareil : blue-jeans presque blancs, tennis, vestes en similicuir trop cintrées. Celui qui pourrait être le frère aîné est grand, maigre, il a un visage anguleux et les yeux enfoncés. Il est moins basané que les autres et il la regarde comme s'il la désirait, mais des fois il regarde aussi par terre. On dirait un prisonnier.

*

Un journal où tu vas noter tout ce qu'il t'arrive.

Un journal, ça t'aidera.

Ne laisse rien en dehors, tu as dit.

Ne dissimule pas, personne d'autre que toi ne le lira.

Eva, mon adorée Eva, douce petite sœur, unique destinataire de ces mots, morte trop tôt. Tu l'as dit le premier jour de la première année de l'école secondaire, toi lumineuse et triste, moi à tes pieds.

Un journal, ça t'aidera.

*

La salle de bain est sale. Je ne l'ai pas nettoyée depuis hier soir et je peux déjà imaginer les germes qui s'apprêtent à sortir de leurs œufs. Entre 8 h et 8 h 45, je la nettoierai, je la parfumerai, je la rendrai éclatante. Mon éclat, mon odeur, ça te ferait sentir fière, mon Eva, si tu étais vivante.

*

J'ai écrit chaque minute de ce qui est arrivé hier entre 11 h et midi. La préparation des légumes bouillis et de ceux passés au four, les assiettes, la marmite, le plateau, le verre, lavés et essuyés, la mesure du sel dans la salière, du poivre dans le poivrier, du riz et des céréales dans leurs récipients transparents. Les palpitations du cœur en voyant comment le travail de la journée s'accumulait. Ce n'est qu'après que j'ai travaillé, jusqu'à 3 h 13 du matin, jusqu'au moment où je me suis mis à mâcher des légumes en regardant le papier peint géométrique (des losanges couleur pastel, des diamants gris, des cercles jaunes) se répétant à l'infini comme ton nom sacré dans ce journal, Eva de mes douleurs.

*

Il est 3 h du matin et je devrais déjà être en train de dormir, mais je continue à les regarder par la raie de lumière que laissent passer les rideaux presque tirés. À minuit, pendant que les autres dormaient, la fille, la brune, est sortie sur le balcon et a versé de l'eau dans des pots qui semblent n'héberger que des broussailles sèches. Elle a paru plus jeune comme ça : avec un maillot de basket sans manches, mais blanc et en coton, peut-être celui de l'un de ses frères. Avant de voir ses tétons, je me suis écarté du rideau, mais ils existaient.

*

Aujourd'hui le téléphone a sonné à 9 h 13 du matin. Une entreprise néerlandaise veut que je traduise un catalogue sur des plats surgelés. De la version anglaise au français, et en allemand et en espagnol. Ils paient mille huit cent quinze euros, trente pages avec des illustrations. Ils me contactent parce que je demande trois fois moins que ce que les autres demandent, que je suis méticuleux et que j'ai de l'expérience. J'accepte.

*

La fille basanée a rangé des pièces de monnaie et un billet bleu sous le coussin du canapé, pour les cacher de celui qui a l'air d'être son père ? De ceux qui ont l'air d'être ses frères ? De voleurs qu'elle craint comme si elle était encore à Calcutta ou au Caire ?

*

Elle a remis le maillot de basket sans manches, et, à travers la fente de mon rideau, je n'ai pas pu éviter de voir la rondeur de ses épaules et, plus bas, à présent réels, ses tétons juvéniles. Je me suis lavé tout le corps à l'eau froide, je me suis frotté la peau jusqu'à ce qu'elle me brûle, débarrassée de toute saleté. J'ai pris deux milligrammes de Clonazepam pour éviter de penser avant d'être plongé dans le sommeil (pour éviter d'avoir des rêves où elle pourrait me regarder avec ses yeux noirs très ouverts).

*

Elle s'appelle Irina.

Dix-sept ans, oui.

C'est la Roumaine de l'épicerie qui me l'a dit.

Irina, cette créature basanée, comme si elle était Russe.

Impossible.

Il est évident que ses frères sont des criminels, et ils semblent préparer un coup. Un braquage ? Une escroquerie ? Un assassinat ?

Avec les jumelles, j'ai pu tout voir hier soir. Pendant que les hommes parlaient (avec leurs gueules toutes proches les unes des autres, accroupis sur la pénombre de la table carrée, comme la meute de chiens affamés qu'ils sont), elle passait un chiffon sur la grande table de la cuisine. Elle paraissait les écouter mais elle paraissait aussi ne pas vouloir être là, désirer être autre part.

*

Elle s'est mise à balayer les mégots que les hommes avaient laissés.

Elle a regardé par terre, pendant qu'elle balayait, mais elle continuait à ne pas être là.

On dirait que ses pensées sont toujours ailleurs, en dehors de la ville, en dehors des campagnes verdoyantes de la vieille patrie, dans les forêts ou dans les déserts d'où ils sont venus.

J'ai tiré les rideaux.

*

Ce matin, j'ai pris une gélule de Ritaline. C'est un pharmacien du numéro 2 de la place du DM qui me l'a recommandée. C'est un Pakistanais, mais il se prend pour un citoyen. Il s'ennuie, il n'a pas de clients, et c'est tant mieux parce qu'il consacre ainsi le temps qu'il faut pour choisir le médicament qui convient le mieux à mon corps.

*

Dans le grand supermarché, celui dans lequel je refuse d'entrer, il y a de plus en plus de basanés, qui vendent et qui achètent. Le quartier se vide peu à peu des citoyens et ça fait longtemps qu'il s'encrasse avec toute cette avalanche qui ne s'en ira plus ni ne se reposera jusqu'à nous avoir tous encrassés.

*

Irina, la fille brune, a teint les derniers centimètres de sa chevelure très noire en un blond presque blanc.

Elle s'habille presque toujours avec des survêtements, gris ou roses ou mordorés, et porte des chaussures de sport avec des semelles compensées très épaisses, qui doivent lui coûter trop d'argent ou presque rien. Elle a un scorpion tatoué sur le cou, sous l'oreille droite, et quand elle sort dans la rue, elle met des casquettes du genre musicien nègre, ou sportif nègre, chaque fois différentes, et porte des chaînes dorées autour du cou.

Dans la maison, en revanche, elle n'est pas la même. Toujours voûtée, maigrichonne, silencieuse, elle est toujours inférieure aux hommes. Elle mange de la viande très grillée, des frites, des hamburgers, de la bouffe libanaise ou chinoise qu'elle rapporte de la rue dans des emballages blancs. Elle passe l'après-midi à fixer les vitres sales des fenêtres, comme si elle pouvait s'y réfléchir, comme s'il n'y avait pas de l'autre côté la façade grise d'où je la regarde. Elle est seule et cernée par des loups.

*

Hier soir, son père l'a touchée.

Ce doit être son père, le gros.

Irina, voûtée, forte, pensant à on ne sait quoi, nettoyait le carrelage qu'avaient sali ceux qui semblent être ses frères ainsi que, hier soir, les amis ou les cousins de ces frères. Elle vidait les cendriers et les verres qui devaient sentir la mauvaise haleine et l'alcool oriental, la carie. J'ai tout vu de très près, à travers les jumelles. Je n'ai pas pu dormir, ensuite, et aujourd'hui j'ai dû me donner une leçon, j'ai travaillé sans petit-déjeuner ni déjeuner jusqu'à 17 h 30.

Ça s'est passé comme ça. Le vieux type gros, son père, s'est glissé doucement derrière elle, a fourré cette griffe de Gitan ou d'Arabe ou de Turc dans l'échancrure du débardeur et a essayé de pincer un de ses tétons. Elle l'a repoussé d'un coup de coude mais j'ai vu (même depuis ma pénombre, à la tension de son cou) qu'elle en a peur. Ensuite le groin du père s'est approché de la minuscule oreille et lui a dit quelque chose avec un sourire de petites dents tandis qu'elle serrait fort ses mâchoires, et ensuite ce chien a fourré cette même main sale de toutes saletés dans le pantalon du survêtement, par-devant, la retenant par la taille avec l'autre main.

*

Le matin elle est restée très longtemps sous la douche.

Huit cent vingt-cinq secondes contre six cent quatre-vingt-dix-huit en moyenne. J'ai vu la vapeur sortir par la minuscule brèche qui se trouve à droite des fenêtres du séjour. J'ai senti depuis mon côté de la cour ce mélange humide de savon et de shampoing avec ce qui doit être une crème corporelle pour jeune femme. Ce n'est pas possible que je l'aie réellement senti, moi si loin, avec au milieu l'air vicié de la ville, mais je l'ai senti et j'ai aussi pu sentir la subtile humidité de l'air.

Ensuite, les odeurs de chou et de viande d'agneau et de beurre fumé qui sortaient des cuisines des autres immigrés ont tout gâché, et j'ai passé le reste de la matinée, de mes seules vacances mensuelles, à enlever cette puanteur orientale des murs avec des éponges et de la javel. J'y suis arrivé, mais je suis épuisé (j'ai flairé chaque centimètre, très lentement, une fois que j'ai eu fini).

J'ai envoyé les traductions du catalogue deux jours avant la date promise, et ceux qui les avaient commandées les ont trouvées à leur goût et les ont payées dans les temps et tout est en ordre, ainsi cette nuit je me permettrai d'avoir des rêves. Ma volonté n'est pas encore assez développée pour contrôler ce qu'il y aura dans ces rêves, par conséquent il y en aura sûrement au moins un où le porc enfoncera sa patte blanche, glabre, pleine de bagues, entre les cuisses de la fille brune.

*

Je l'ai décrite, ici même, avec des mots, hier, à peine réveillé.

Son corps, tout.

Lettre par lettre.

Ce faisant, elle s'est transformée en autre chose (en son corps) et moi je me suis transformé en quelque chose de bien pire que ce que je suis, et tout, entre nous, a été souillé.

Pendant que je hachais des concombres cultivés dans les fertiles terres de la vieille république, impeccables, je me suis coupé l'index et le majeur de la main gauche. Une entaille longue, large, perpendiculaire. Je suis resté de nombreuses minutes à regarder ce sang si liquide couler hors de la chair ouverte et tomber sur la table, se mélanger avec l'eau et le jus des concombres, dessinant des courbes mouvantes comme si ç'avait été un reptile vivant.

Ensuite j'ai lavé la plaie, jusqu'au fond, je l'ai désinfectée et j'ai bandé les doigts en serrant très fort. J'ai jeté tout ce que j'avais préparé à manger et j'ai descendu le sac-poubelle jusqu'au bac à ordures du trottoir.

*

C'est son père. Le gros type est bien son père, je ne l'ai pas imaginé. Et les deux autres, ce sont ses frères. C'est la Roumaine édentée de l'épicerie qui me l'a dit, sans que je lui demande rien. Elle m'a aussi dit que ce sont des Paraguayens (d'un pays qui s'appelle le Paraguay, en Amérique du Sud), que personne ne sait à quoi ils s'occupent, qu'ils crachent par terre et qu'elle a dû reprendre au plus jeune une boîte de thon et une autre de sauce tomate piquante qu'il voulait voler.

Elle m'a aussi dit qu'ils sont tous pareils, les Sud-Américains. Ça, elle n'a pas le droit de le dire, elle qui est Roumaine et qui parle comme elle parle, même si elle a raison. Mais je ne suis pas né d'hier. Ce ne sont pas des Sud-Américains. Elle ne s'appellerait pas Irina, s'ils étaient Sud-Américains. Ils n'auraient pas des têtes de Gitans, ni de Maghrébins, ni de taulards moyen-orientaux, mais d'Indiens sud-américains ou d'Espagnols.

Après ces explications non sollicitées j'ai pensé que je devrais arrêter de m'approvisionner chez la Roumaine. Mais il n'y a plus d'épicerie à la ronde à moins de dix pâtés de maisons. Rien que ces bazars obscurs, infestés de types basanés, puant le curry et la cannelle, bourrés de plastiques chinois et de vêtements bon marché et de conserves périmées et de légumes pourris.

J'ai été sur le point de le lui crier en pleine figure et je l'ai fait, mais dans ma tête : qu'elle la ferme une bonne fois pour toutes, que son taudis ne sent pas bien meilleur, que la lumière que nous, les quelques citoyens qui y entrent encore, amenons n'est pas suffisante pour nettoyer la crasseuse obscurité des Orientaux. Mais elle pue l'ail et j'ai dû respirer par la bouche quand elle a ouvert la sienne, avec ses trois dents de cheval, qu'elle s'est beaucoup approchée de mon visage et m'a fait un clin d'œil en disant : « Irina est une fille très sympathique, mais ça, tu as dû le remarquer. »

Je ne mérite pas cette rue, ni ce quartier, ni cette ville malade avec ses jambes toujours grandes ouvertes.

*

J'ai rêvé de nouveau de la main rugueuse de ce criminel analphabète se frayant un chemin, comme un reptile musculeux, sous le nombril, très vite, jusqu'aux ombres qu'il y a dans les dessous d'Irina, comme s'il voulait étouffer un petit oiseau qui serait caché là. Je me suis réveillé avec une grande soif, mais sur le trajet de la salle de bain j'ai dû m'arrêter et je suis resté jusqu'au petit matin à fixer les fenêtres complètement noires de son appartement.

*

Le téléphone sonne encore une fois.

Cette fois-ci c'est une entreprise nationale qui veut faire traduire toute la publicité et tous les prospectus d'une marque internationale de stylos plumes de luxe. Des stylos en or, bois précieux et pierres brillantes, qu'ils vendront des centaines ou des milliers d'euros. Je n'aime pas le luxe, je ne compte pas me mettre à genoux devant le luxe. J'ai dit non et je me sens très bien.

Cela fait six ans et dix-sept jours que je n'ai pas utilisé Internet.

Internet est la décharge du monde, et je n'aime pas farfouiller dans les déchets.

Qui veut mes traductions n'a qu'à m'appeler, une seule fois.

Et s'ils n'ont pas la flemme, qu'ils m'envoient aussi un courrier.

*

J'aime les objets, le poids réel de la matière, les contours définis qui séparent tout ce qui existe du vide. Les poivrons que m'a vendus la Roumaine ont des dimensions différentes, il y en a trois rouges, trois jaunes et trois verts. Il y en a un qui a un minuscule trou par lequel a dû se glisser un insecte ou un ver qui m'attend. Il faudra que je sorte les lui rendre.

*

Ils ont passé toute la soirée assis à table, le vieux et les deux rejetons de la rue de C, les frères d'Irina (dans mes yeux, dans les jumelles du tiroir sombre, qui sentent le cuir mal tanné). Ils n'ont pas arrêté de fumer des cigarettes bon marché, de boire un liquide blanc qui doit être une anisette misérable ou une eau-de-vie bien pire.

Le vieux a peu parlé, il les a écoutés, avec un air ennuyé, et n'a bougé que pour saisir le poignet de l'un des rejetons, qui avait l'intention de se saisir de quelque chose qui ressemblait à une facture (les lentilles des jumelles rapprochent mais ne peuvent vaincre la pénombre pleine de poussière suspendue dans cette porcherie).

Tandis que les hommes parlent, Irina nettoie la table de cette cuisine ouverte, dans leurs dos, sans leur montrer son visage mais sentant leurs yeux de chiens parcourant son corps, pénibles, perturbés, comme s'ils n'y pouvaient rien.

Elle va se coucher avant que le vieux ne se mette debout.

Je l'imagine refermant la porte avec un verrou, dans une chambre qui doit être minuscule.

Je l'imagine aussi se défaisant de sa chemisette, observant son nombril et ses épaules dans une glace sale.

*

Je me suis brossé les dents jusqu'à me faire saigner et ensuite je me suis rincé la bouche avec du savon et après avec de l'alcool. J'ai été près de m'avouer vaincu, de penser à elle, à tout ce qu'elle est, à tout le reste : sur le point de passer en revue son corps tout entier.

J'ai pu l'éviter.

Sans me donner des coups.

Les mouvements du bras et de la main et de la brosse à dents au bout du bras et de la main, dans ma bouche, ont été suffisants. Et le goût et la douleur dans cette bouche.

Et le journal aussi a servi, bien sûr, en décrivant tout.

*

Je rêve d'elle. Dans le rêve ses nichons, que je ne verrai jamais, sont lourds, obscènes, trop blancs. Ils me dégoûtent mais elle m'oblige à les toucher avec la main grande ouverte, elle me force en me fixant dans les yeux de ses yeux toujours sérieux, et quand enfin je les touche et que je reviens à son visage, je me rends compte qu'elle a les orbites vides.

Je me réveille sans faim et me mets à travailler sur la traduction des modes d'emploi de vingt produits commercialisés par une entreprise nordique de distribution de pièces mécaniques qui m'a envoyé un courrier hier. La nouvelle de mes prix très bas continue à se répandre comme du lierre.

Je monte le volume des distorsions de la radio mal réglée du séjour. Je regarde les images en haute définition de bougies, de boulons et de tuyaux brillants. Elles parviennent à supplanter pendant quelques heures l'âcre odeur des cauchemars.

*

Irina dort sur son canapé, sur le dos, elle porte un petit short très ajusté, jaune, et un teeshirt blanc siglé LOL en lettres dorées. Elle a les jambes légèrement entrouvertes, comme l'enfant qu'elle est. En la voyant grâce aux jumelles je ne ressens aucune urgence sexuelle.

Elle a l'air de souffrir dans son sommeil, comme si elle avait ramené d'Amérique du Sud des souvenirs pires que ses souvenirs récents (pires que ceux de son père en train de la toucher, que ceux de sa chambre plongée dans l'obscurité). Elle agite la tête, transpire, elle se réveille enfin, les mains crispées sur le drap qui recouvre le canapé.

Elle reste comme ça, sur le dos, les yeux entrouverts fixés sur le plafond, pendant vingt-sept minutes de plus, sans bouger un seul muscle.

Quand elle entend les pas des loups qui s'approchent, elle se réfugie dans sa chambre.

*

Le pharmacien pakistanais de la place du DM m'a dit que je ne pouvais pas mélanger au cours d'une même nuit deux milligrammes de Clonazepam et deux d'Alprazolam. Je prends le risque de mourir d'un infarctus pendant mon sommeil. Il ne sait pas faire son travail, il ne connaît pas mon corps, il n'a pas le droit de m'adresser la parole en me regardant en face, mais le désespoir me contraint à lui dire d'accord. La pénombre douteuse de sa pharmacie, c'est aussi celle du quartier, celle de la ville tombée sans remède, à genoux, condamnée à être le butin de l'invasion de l'Est.

*

Je vois encore tes photos, comme tous les vingt de chaque mois. Tu es si jeune avec le foulard qui couvre tes cheveux couleur miel, devant cette église de je ne sais quelle ville du Nord, fixant l'appareil photo, vierge de toute inquiétude, pas encore contaminée ni par la pauvreté, ni par la violence, ni par l'odeur amère des hommes.

*

Que deviendrait la santé sociale sans l'industrie pharmaceutique ?

Que resterait-il de la culture ?

De la vieille république ?

De la civilisation ?

Rien de rien.

Des dépouilles.

Nos restes déjà froids pourrissant sous le soleil.

*

Ça fait trois jours que le vieux Paraguayen et ses fils ne passent pas par l'appartement. Ils doivent être en train de commettre un crime ou de rendre visite à d'autres criminels au Paraguay. Irina a l'air plus souriante et sort de la salle de bain habillée d'une culotte très blanche et rien d'autre. Elle a des jambes très longues, très bronzées. Elle a les tétons plus foncés que la première fois.

J'ai tiré tous les rideaux, baissé toutes les persiennes, je me suis mis au lit à 16 h pile. Ainsi, je suis entré en quarantaine. Je ne compte pas me mettre debout pendant trois jours, qui me paraîtront trente en étant à jeun. Comme si je me trouvais à genoux, comme si je devais parcourir un chemin pavé à genoux jusqu'à tout oublier.

Je compte également ne pas avaler une seule des médications généreusement mises à ma disposition par l'industrie pharmaceutique par l'intermédiaire des pattes velues de ce ladre pakistanais.

Silence et douleur et immobilité absolue me guériront.

Et le journal, bien sûr, ces mots dans lesquels il est impossible de rien cacher, après.

*

Le chauffe-eau fuit.

Je n'aurai pas d'autre solution que d'appeler un Asiate pour lui donner une quantité d'argent qu'il ne mérite pas et supporter son odeur pendant qu'il le réparera.

*

Elle se prénomme Irina, oui, et elle est née dans un village nommé Pozo Colorado, dans un pays qui s'appelle Paraguay, en Amérique du Sud. La Roumaine édentée me le répète ; elle se sent liée à moi par cette information qui malgré moi circule entre nous. Je peux voir dans le fond de son regard un rire tapi (comme si elle était née ici, dans ma ville, et pas là-bas, dans la sienne) et j'ai envie de lui faire avaler son rire à coups de poing. Je n'ai jamais frappé une femme, mais je peux parfaitement imaginer le bruit de mes jointures en train de se briser contre ces os, la pulpe de la chair éclatant, les cris de panique, ma respiration entrecoupée. Il n'est pas nécessaire que je me punisse d'avoir des pensées de ce genre. La fin du monde approche.

*

Elle est arrivée dans la vieille république quand elle avait quinze ans, Irina. Elle a vécu dans un foyer pour réfugiés (j'imagine un bâtiment décrépit et sombre, divisé en boxes, pareil à une grande grange vide). Sans amies, sans parentes, seule, avec les trois hommes de sa famille, avec leurs odeurs et leurs grognements.

Peut-être qu'à elle aussi manque une mère ou une sœur morte.

*

Elle prend des cours de secrétariat dans un établissement technique pour jeunes filles. Elle prend des cours de secrétariat et j'en suis responsable. À côté de la vitrine de la pharmacie de la place du DM, j'ai découvert une pile de prospectus jaunes. J'en ai pris la moitié le troisième lundi du mois, sachant que ce n'était pas le pharmacien basané qui pourrait m'en empêcher. J'ai pénétré dans le bâtiment d'Irina, presque aussi délabré que le mien, avec sa façade écalée, la porte d'entrée toujours battante, le carrelage en éclats, et j'ai laissé cinq prospectus devant sa porte.

J'ai tremblé, comme si je touchais sa main. J'ai laissé les trente-deux imprimés qui restaient sur la longue surface blanche de la caisse de l'épicerie de la Roumaine, à 10 h 03, en pleine lumière du jour.

*

Irina mord à l'hameçon.

Il ne se passe que cinq jours avant qu'elle sorte enfin, parfumée, coiffée, très tôt. Elle revient à midi, avec un visage heureux que je ne lui avais jamais vu. Elle croit que cela va la sortir de la boue.

Secrétariat, dans une école très sérieuse et presque gratuite de l'arrondissement O, comme me l'explique la Roumaine.

*

Les Paraguayens préparent un mauvais coup.

Ils ont des armes.

Deux pistolets qu'ils laissent sur la table toute la nuit.

Elle se couche tôt et ferme sûrement à double tour sa porte, elle sait que les loups sont affamés et que quelqu'un comme moi, moins qu'un regard, ne fera rien pour empêcher l'agression qui tôt ou tard arrivera.

*

Ils se sont soûlés.

Elle leur a servi jusqu'à 3 h du matin des morceaux de viande de porc très grillés entrecoupés de rasades de rhum bon marché qu'elle sort acheter toute seule. Trois bouteilles. Ils semblent tous se délecter de l'air qu'elle déplace quand elle s'approche de la table. Je peux voir les yeux rougis et somnolents sous l'effet de l'alcool, je peux voir les cous veineux et les mains velues, grâce à mes jumelles.

*

J'attends à la terrasse du bar qui se trouve à côté de l'épicerie de la Roumaine. Tremblant de nouveau, sachant que je suis en train de sauter dans le vide et que le retour à mon corps pourrait s'avérer impossible. J'attends une heure et sept minutes, loin de moi mais aussi surpris par le silence parfait qui règne dans ma tête. Une heure et sept minutes comme ça, sans penser à rien, jusqu'à ce que son corps svelte passe, recouvert de quelque chose qui ressemble à une robe (bouffante et très courte sur les jambes et les cuisses, très cintrée à partir de la taille, en un tissu de vêtement de sport, avec des manches longues également ajustées, le vêtement finit par une capuche blanche comme le reste, trop grande, d'où sortent deux câbles qui se glissent sous le tissu de la poitrine et qui apportent de la musique jusqu'à ses oreilles, minuscules, parfaites).

Je peux voir les yeux des hommes basanés assis à une table à côté de la mienne qui cherchent des reliefs de chair sous sa jupe. Avant qu'elle n'oblique tout à fait, de ce pas décidé, indifférent, au-delà de la haine ou de la tension, je vois le mot Adidas imprimé en jaune sur son dos. Le bas de son corps disparaît ensuite derrière les étals de fruits, puis c'est en entier qu'il est avalé par le commerce sombre de la Roumaine.

*

Comme si je me trouvais dans une autre journée et dans une autre rue, moi aussi je m'enfonce dans une travée jusqu'aux armoires réfrigérées. Elle est là, de dos, elle compare les prix des pizzas surgelées, quand elle me regarde. Je sais qu'elle me regarde, qu'elle peut voir mon reflet dans la vitre opaque du réfrigérateur, et je sais aussi qu'elle me sourit. Immobile, ordonnant en vain à mes jambes de bouger, comme dans le plus parfait des cauchemars, je la regarde moi aussi.

Je ne peux pas m'enfuir en courant. Je m'étouffe avant de bouger. Elle s'est retournée. Peut-être m'avait-elle vu, peut-être ne m'avait-elle pas vu, avant, mais à présent, c'est inévitable, elle me trouve, là, bloquant le passage dans la travée, et elle rit de mon corps immobile comme une masse, de mes vêtements, de mon visage, de ma race, de mes yeux effrayés. Son sourire, blanc, sauvé de l'obscurité de la capuche par les néons de la boutique, brille depuis une autre réalité, à un rythme différent, avec une plus grande netteté. Elle me regarde de haut en bas comme si elle m'imaginait, comme si elle me faisait exister par son regard et, immédiatement, elle me méprise.

*

J'ai dormi beaucoup plus que nécessaire.

C'est la Journée internationale des travailleurs et les beuglements des ouvriers orgueilleux de l'être m'ont réveillé. Ils chantent des louanges à leur misère, à la force de leurs énormes maillets, tous d'une seule voix, en chœur, menaçant de mettre le feu à ce monde qui ne leur appartient plus et qui, depuis fort longtemps, n'a plus peur d'eux. Je déteste cette fête comme je déteste toutes les autres fêtes, mais celle-ci un peu plus. Je ferme les fenêtres et je mets la radio, le volume à fond, je me cale sur une émission qui diffuse ce qui semble être des ballades avec des arrangements pour orgue électrique, de la musique de salle d'attente de dentiste.

*

Je réussis à ne pas me souvenir, ni alors, ni hier, ni aujourd'hui, de ce que j'avais pensé tandis que je m'éloignais à toute vitesse sur le trottoir, aspirant tout l'air et transpirant, après la rencontre ratée avec Irina : qu'il y avait cachée dans sa moue un peu de compassion. Ce n'est pas vrai, je l'ai su hier et avant-hier et je le sais aussi en cet instant. Il n'y a eu aucune sorte de compassion, mais un mépris parfait, total. Elle a évité d'avoir à s'approcher et s'est éloignée par une travée latérale, et je me suis rendu compte, mais trop tard, que mon visage s'était crispé en un sourire douloureux.

*

Les nouvelles des îles lointaines ne m'ont jamais intéressé et à présent elles m'intéressent d'autant moins.

Aujourd'hui, comme tous les dimanches, j'ai marché jusqu'au kiosque à journaux qu'il y a au coin des rues de C et de S, j'ai acheté l'édition complète du plus important des quotidiens nationaux. Comme d'habitude, pendant le trajet de retour j'ai imaginé la mécanique du meilleur de mes rituels.

Tu le connais parfaitement, le rituel dominical.

1) Mettre à la poubelle, sans même les ouvrir, en les tenant entre le pouce et l'index, les suppléments : sport, culture, spectacles, sciences. Jeter aussi les informations sur les îles lointaines, grandes ou petites.

2) Respirer à fond et ouvrir de part en part sur la table en formica orange de la cuisine le papier âpre et froid des nouvelles nationales. Les bords parfaitement parallèles à ceux de la table.

3) Tracer les angles avec précision et me débarrasser peu à peu de l'excédent de papier, en lignes très droites, et voir comment subsistent des figures géométriques qui semblent dire quelque chose, qui semblent avoir un sens, bien qu'elles n'en aient pas.

4) Poser délicatement sur l'une des quatre chaises les derniers rebuts : les nouvelles d'autoroutes à moitié construites, des politiciens et de leurs plans, de budgets, d'initiatives et de prix. Les éditoriaux des commentateurs nationaux.

5) Ce qu'il reste du papier réparti avec la perfection de l'expérience, ce sont les titres, les en-têtes, les lettres grandes et petites, jamais les photos.

6) Continuer à découper. Avec le coupe-chou et la règle, directement sur la table. Des phrases, d'abord, en laissant dans les rectangles de papier des fenêtres au formica orange de la table. Ensuite, des pans entiers de paragraphes.

7) Faire la même chose, immédiatement après, avec les en-têtes, mutilant jusqu'à arriver au titre.

8) Rogner finalement aussi ce qui n'est pas nécessaire au titre.

9) Couper encore plus, presque tout, jusqu'à ce qu'il ne reste qu'une suite de mots sur la table.

10) De cette série de rectangles très petits, supprimer les mots qui demeurent en excédent, jusqu'à ce qu'il n'en reste que deux, trois ou quatre.

11) Avec beaucoup de précaution, retirer la poubelle en métal galvanisé de l'une des étagères du bas et y mettre tout ce qui était en trop. Tout le papier, mis à part les deux ou trois ou quatre mots tirés des titres, qui sont restés à flotter sur le fond orange de la table.

12) Attendre qu'il soit 11 h 13 et porter la poubelle dans le puits de lumière, passer la main à travers la toute petite fenêtre et accrocher la poubelle au crochet déjà installé au-dessus du vide. Arroser d'alcool les morceaux de papier dans le récipient et leur mettre le feu.

13) Ému, comme chaque dimanche à 11 h 15, voir par la minuscule ouverture la fumée qui monte dans la cour et se perd dans le rectangle parfait du ciel.

14) Laisser la poubelle fumante à l'extérieur.

15) Saisir les paroles choisies entre trois doigts et les porter jusqu'au bureau, les ranger dans un bocal en verre à couvercle qui a contenu jadis les abricots au sirop de maman.

*

Il reste peu de temps avant que tout ne disparaisse. Parce que tout disparaîtra, sans remède, mon Eva à moi : Irina et moi et l'épicerie et les autres corps de l'épicerie et les corps de la rue. La ville entière. Tout ce que nous connaissons, entraîné par le grand courant des temps nouveaux. Je ne délire pas, petite sœur. Tu me comprendras. Tu me comprends déjà, mais je devrai te le répéter le jour N, la fin de tout ce qui est connu. Le jour N. Ça commencera dans la campagne, dans ma ferme, dans le cœur froid de ma ferme, dont je ne peux pas encore te parler, et ça se répandra comme une explosion dont moi seul serai le responsable.

*

La cage d'escalier sent le lard grillé, les oignons frits, le steak.

Je roule un tapis et le colle à la fente au bas de la porte, je mets à bouillir des feuilles d'eucalyptus dans trois grandes casseroles, je nettoie le sol avec de l'eau et de la javel, les plinthes à la lessive, les murs au savon doux comme du shampoing, le plan de travail de la cuisine en céramique avec un produit vaisselle, et la salle de bain et les toilettes avec tous les produits chimiques toujours nécessaires. Lorsque j'ouvre la fenêtre qui donne sur la cour, je gâche tout. Une odeur de curry piquante et grasse de mauvaise viande s'échappe de je ne sais quel gourbi d'immigrés et il ne me reste plus qu'à saisir la clé cachée dans le tiroir de la table de nuit en chêne, déplacer d'un coup de pied le tapis roulé et sortir en marchant le plus vite possible, la bouche ouverte, jusqu'au réconfort du gazon frais tondu dans le parc de LV.

*

Neuf minutes se sont écoulées depuis que j'ai fini la dernière commande. Le téléphone sonne. Comme si on pouvait me voir. Une voix veut que je traduise un guide pour le bien-être des animaux de compagnie. Chiens et chats. La voix parle au nom d'une maison d'édition qui distribue du matériel vétérinaire et des prospectus pour que les maîtres sachent comment se comporter avec leurs animaux. Je tarde sept secondes de plus que nécessaire à te répondre. Je réponds d'accord seulement quand je comprends que faire cette traduction me permettra de passer plusieurs jours avec la tête entièrement occupée par les mots, les lettres, les prépositions et les articles, le temps des verbes, par la simple et honnête mécanique du langage (et ses silences blancs, si différents du vivant corps d'Irina).

Je propose dix jours pour faire la traduction, qui certainement ne seront que six. Dans la boîte aux lettres de mon appartement, dis-je à la voix. Oui, dans une enveloppe bien fermée : contrat, indications, clé USB et texte imprimé. Même tarif, oui, montant à verser directement sur le compte bancaire. Facture dans la boîte aux lettres aussi.

*

Aujourd'hui, j'ai besoin de cette douleur, la plus douce, celle que seule Irina peut me donner. Je l'attends en parfait kamikaze, assis à la terrasse du café. Je commande une eau gazeuse. Quand enfin elle fait son apparition, à 11 h du matin, je remercie les effets que la Ritaline et l'Adderall ont sur mes nerfs, la manière qu'ils ont d'aiguiser le regard et de maîtriser le pouls.

Elle porte des chaussures de sport très grandes délacées, un pantalon de jogging gris en coton qui est très moulant derrière, sur ses fesses, avec des liserés dorés de chaque côté des jambes. Elle a aussi enfilé une veste noire, très cintrée, avec une fermeture Éclair en plastique doré, volontairement large ; elle a de grands écouteurs pelucheux et roses. Elle a ramassé ses cheveux en une seule tresse haute qui jaillit du sommet de son crâne tatoué et lui coule jusqu'au milieu du dos. Elle a un bijou, un seul, une imitation de diamant, tout en haut de l'une de ses minuscules oreilles.

Depuis la terrasse du café, attablé, de l'autre côté de la rue, sous la fine pluie qui me trempe, je vois comment elle longe les armoires avec les surgelés, les jambons et les fromages, comment elle se perd dans le fond du magasin et revient avec trois sachets de pain de mie. Ensuite, sur l'étal que la Roumaine a disposé dans la rue, elle choisit un régime de bananes à moitié vertes, cinq pommes très petites, et une vingtaine de tomates trop mûres. Elle paie avec une poignée de pièces de monnaie, comme le ferait une petite fille. Elle ne sourit pas à la Roumaine, elle ne retire pas ses écouteurs. Elle prend le chemin de son appartement sans regarder personne, et moi je prends celui du mien, de la même façon mais plus vite.

Protégé par l'obscurité de la pièce, je la regarde. Elle range pour le lendemain ce qu'elle a acheté, décongèle deux pizzas au micro-ondes et ouvre un peu la fenêtre. Ce que j'entends (ce qu'entend Irina) est une musique sans instruments ni voix, une musique électronique, du genre boîtes de nuit européennes j'imagine, mais mélangée avec une mélodie aux sonorités exotiques, latino-américaines sans doute. En fond sonore : un rythme continu de basses qui semblent mimer le rythme des tambours sauvages ou d'un coït. Irina branche le chauffage et se débarrasse de sa veste noire. Dessous, elle porte un tee-shirt rose, avec les lettres capitales DG imprimées en noir. Elle enlève aussi ses chaussures, ses chaussettes, qui sont blanches et parfaitement propres.

À 15 h 04, son père arrive, accompagné des deux louveteaux. Aucun d'eux ne la salue, ils s'assoient tous les trois à table pour attendre le repas. Je vois comment depuis la cuisine elle préfère remettre les écouteurs pour les éviter. Pendant qu'elle sert les pizzas, pose les bouteilles de bière et les verres, le vieux et celui qui semble être l'aîné des fils la flairent et regardent son cul.

*

Il y a un autre monde, parallèle, où je suis heureux et elle n'est pas Paraguayenne, où l'Europe n'est pas un tas de cendres, où la fin n'est pas proche, un monde où nous vivons ensemble et où elle attend patiemment que je m'endorme, me caresse la tête, toutes les nuits, où je me réveille sous la lumière du ciel bleu tous les matins.

*

Elle se lève très tôt, fait sa toilette, va dans le séjour enveloppée dans une serviette, glisse deux billets de cent euros dans la cachette du canapé puis sort arroser les plantes mortes. Une fois à l'intérieur, elle reste comme toujours, paralysée, les yeux fixés trop longtemps sur la fenêtre. Aujourd'hui, elle met ses grands écouteurs, agite les pouces sur l'écran de son portable et bouge la tête de haut en bas au rythme de cette musique que je ne peux pas entendre, pendant une heure et huit minutes. Ensuite, elle disparaît dans le couloir. Elle ne quitte pas sa chambre de toute la journée, et son père et ses frères ne se montrent pas.

*

La boutique se trouve dans l'arrondissement K, dans la rue de R, et elle s'appelle L'Expert.

C'est un homme d'une soixantaine d'années qui tient le commerce (c'est lui, l'expert), à ce point cordial qu'il accorde de l'espace à mes questions et me donne des explications qui ne m'intéressent pas. Je demande tout d'abord une des caméras qu'il a en vitrine, une caméra aussi petite et plate qu'un bouton. Ensuite, ayant lâché la bride de mon imagination, un set de cinq micros, deux caméras encore plus petites, et un capteur pour savoir quand des corps entrent dans un espace et en sortent.

Il me dit que la technologie des caméras de surveillance sans fil est très récente et il commence à me faire une recension de ce qu'il appelle « applications ». Je cesse de l'écouter. On voit qu'il est heureux d'avoir enfin quelqu'un avec qui partager sa passion, mais je ne suis pas thérapeute. Je regarde ma montre. Le type semble avoir l'habitude que ses clients se fatiguent de ses explications (ses clients, très rares : apparemment espionner n'est plus aussi populaire qu'au temps où il était beaucoup plus difficile de le faire). Il sourit malgré son amour-propre blessé, cesse de me regarder et dit que je dois lui acheter un logiciel de montage vidéo, un disque brillant à glisser dans l'ordinateur, si je veux que tout fonctionne comme il le faut.

J'obéis. Je sors de la boutique heureux, je marche le menton en avant, à grands pas, comme un gamin, serrant sous le bras ce jouet neuf qui promet de m'apporter tout le bonheur que je suis capable de contenir.

*

Aveuglé par la joie, ainsi, enfant éphémère, j'en profite pour acheter trois perruques neuves rue de S et deux paires de lunettes de soleil d'occasion au marché de LM, que je mets à bouillir dans la cuisine pour tuer toutes les bactéries.

À 4 h du matin, tandis qu'Irina dort, au milieu du silence que m'offre le quartier avant l'aube, j'installe la caméra de ma fenêtre. Je la colle à l'extérieur, sur ce type de boîtier en plastique, gris, insignifiant, qui cache les extrémités de câbles électriques ou téléphoniques. Je suis le mode d'emploi et passe cinquante-cinq minutes les yeux fixés sur l'écran de l'ordinateur. Comme toujours, les Paraguayens ont laissé allumé le séjour-salle à manger-cuisine. Directement depuis l'ordinateur, je peux tripler la dimension des objets en zoomant et déplacer l'objectif de la caméra de trente degrés dans n'importe quelle direction.

Ils n'ont que quelques bricoles à moitié cassées, comme si elles avaient été récupérées dans une décharge ou sauvées d'un naufrage. Des porcelaines ébréchées de chiens bleus et roses sur un téléviseur vieux de vingt ans ; un napperon sale sur une table basse rayée ; le canapé (violacé, en velours élimé) ; une table rectangulaire en formica tachée pour six personnes sur laquelle Irina a posé une assiette avec des fruits ; deux tapis qui, jadis, ont été jaunes ; deux posters de paysages suisses, du genre salle d'attente. Le téléphone repose sur trois annuaires téléphoniques en papier à même le sol, de ceux que plus personne n'utilise. En zoomant, j'arrive à voir au fond la porte à demi ouverte de l'unique salle de bain.

Peu avant 5 h, la lumière s'éteint. Je ne parviens pas à voir la main qui agit. À 7 h, encore à moitié endormie, Irina va dans la cuisine, met de l'eau à chauffer, s'assoit dans la salle à manger pour fixer ses ongles couverts de vernis blanc. Quand l'eau bout, elle se fait un café soluble et se dirige vers la fenêtre, bien qu'il fasse froid et qu'elle soit peu vêtue. Elle ouvre, elle s'étire, elle hume l'air comme un lapin tout juste sorti de son terrier découvrant la lumière du jour.

*

À 9 h, elle prend la ligne 9 du métro, descend à la station de PE et marche jusqu'à la rue de DR, où elle rejoint le bâtiment en béton gris du numéro 25, dont la plaque posée sur la porte indique *École de comptabilité et de secrétariat Saint-Just, 1953*.

Je l'attends au coin de l'une des rues en faisant des allers et retours, le regard fixé au sol. Elle sort à midi, très souriante, va jusqu'à un café au numéro 3 de la rue, s'assoit en terrasse. Elle commande un express et fume deux cigarettes blondes en regardant les enfants qui entrent dans le jardin V. Je ne savais pas qu'elle fumait, je ne savais pas qu'elle pouvait se maquiller ni qu'elle avait des chemisiers et des jupes. On dirait presque une vraie secrétaire, là, seule, laissant la brise bercer ses cheveux brillants, bien coiffés.

De retour dans le quartier, elle passe chez la Roumaine, achète du riz, des haricots rouges, des oignons, de l'ail, des tomates trop mûres, des poivrons fripés, un bocal de piments. Ensuite, elle se rend dans une boucherie tenue par des Marocains ou des Algériens et achète un grand sachet plein de cubes de viande. Sans avoir l'air dégoûtée, elle entre aussi dans un magasin de Roumains, ou de Croates, ou de Bulgares, ça revient au même, pour acquérir du saindoux. Elle arrive à l'appartement avant 14 h et, pour la première fois depuis que je la connais, elle cuisine. Une sorte de ragoût piquant, primitif comme un poing, dont je peux sentir l'odeur depuis mon appartement.

Je peux voir sur l'écran les perles de sueur sur son front, ses mains aux longs doigts qui coupent maladroitement les légumes, le sourire satisfait quand les trois autres pénètrent dans l'appartement. Ils ne disent rien à table. Ils mangent comme d'habitude, en silence, jusqu'à ce que le père commence à parler en la fixant d'un regard neutre. Depuis là où je me trouve, il me semble qu'il lui pose des questions. Elle et lui sont à chaque extrémité de la table. Elle ne répond pas. Elle évite de le regarder, elle remue un pied impatient sous la table et les haricots rouges dans le plat, jusqu'à ce qu'elle ne tienne plus et se lève pour ramasser les couverts.

Elle revient de la cuisine, elle a déjà entre les mains le reste de la vaisselle sale à rapporter, quand le gros, sans dire un mot, se lève et la gifle violemment. Les assiettes tombent et se brisent par terre. Elle garde le regard fixé sur le sol, sonnée. Moins de cinq secondes après, elle relève son regard, maintenant avec une expression de mépris, de dégoût. Le vieux tremble de rage, il lève le bras de nouveau et laisse la main suspendue en l'air, il essaie de la soumettre avec ses yeux de fer. Elle soutient son regard quelques secondes de plus, le cou très tendu. Ensuite, elle tourne le dos, s'enfonce dans le couloir en balançant ses hanches dédaigneusement, le menton en avant, jetant avec force chacun de ses pas.

Tandis qu'elle s'éloigne, le gros la suit des yeux, de nouveau avec cette expression neutre qui me fait plus peur que sa colère. Pendant un instant je crois qu'il va se jeter sur elle, qu'il va lui asséner un coup dans le dos ou sur la nuque avec l'un de ses poings de pierre.

Il ne le fait pas.

Il rejoint sa place au bout de la table, se voûte sur son verre.

*

Quand elle ne se rend pas à l'école de secrétariat, peu importe le froid qu'il fait, Irina s'habille toujours en survêtements ou en robes très très courtes, en tee-shirts siglés de marques à la mode, en tennis sans chaussettes. Ce matin, je me suis laissé entraîner par l'urgence de la chair, par la fièvre. J'ai étrenné la perruque châtain, genre film comique, et les lunettes à monture épaisse. Je me suis regardé une dernière fois dans la glace ovale de maman, face à la porte d'entrée, avant de sortir dans la rue.

J'ai marché d'un pas régulier et ferme jusqu'au couloir de l'école, où elle attendait pour entrer en classe avec d'autres immigrées aussi jeunes qu'elle, aussi brunes, aussi désespérées, aussi souriantes, parlant toutes en même temps avec des voix très aiguës, comme des pigeons agités. J'ai pu entendre sa voix, se détachant sur ce fond de brouhaha. Différente des autres : rauque, ébréchée, la voix de quelqu'un qui a beaucoup vécu et qui vivra davantage, qui n'a rien à perdre, qui n'a jamais eu peur de tomber. J'ai senti ma poitrine trembler en l'entendant, comme si l'air venait à me manquer.

Elles sont entrées dans la salle de classe et je me suis approché pour pouvoir la voir à travers la petite fenêtre rectangulaire de la porte, assise au premier rang, souriant d'un air qui semblait véritablement heureux quand une professeure d'une soixantaine d'années les a saluées depuis son bureau et s'est mise debout pour expliquer comment utiliser le traitement de texte d'un ordinateur. Je me suis senti très heureux pour elle. Tandis que je m'éloignais, souriant moi aussi, sans pouvoir m'en empêcher, j'ai su que j'allais passer toute la nuit à imaginer comment elle dort, comment elle respire, à essayer sans y parvenir de me glisser dans ses rêves.

*

Nous sommes samedi, il est 11 h du matin et les hommes ne sont pas réveillés. Irina se dirige vers le fleuve. Sur la rive gauche, il y a une sorte de plage artificielle où des bandes de jeunes s'assoient. Malgré le ciel couvert, elle étend une serviette, se déshabille pour exhiber un minuscule bikini jaune, elle met des lunettes de soleil, très grandes, et s'allonge là, comme ça, seule, comme si elle se trouvait au bord de mer.

Elle regarde l'écran de son portable, une jambe posée sur le genou de l'autre, pendant dix-neuf minutes, jusqu'à ce que trois Nègres essaient de lui parler. Elle les ignore. Ils sortent une enceinte Bluetooth et se mettent à écouter de la musique de Nègres à plein volume. Elle ramasse ses affaires et sans se chausser s'en va à une autre plage, à cinq cents mètres ; elle entend derrière elle les Nègres dégoiser des compliments avant de se mettre rapidement à l'insulter.

Sur l'autre plage, elle s'allonge de la même façon et vingt-trois minutes plus tard arrivent deux jeunes qui ont l'air d'Europe de l'Est, très blancs, très blonds, avec des maillots passés de mode et badigeonnés de crème pour se protéger d'un soleil qui ne se montre toujours pas. Quand l'un des deux va acheter de l'eau, l'autre, qui a des cheveux longs, salue Irina avec le sourire charmeur de quelqu'un qui est conscient de sa beauté et de son charisme.

Même moi, qui les regarde de si loin, depuis la rue, je peux m'en rendre compte. Ils se mettent immédiatement à parler. Ils gesticulent de plus en plus, ils rient fort. Ils continuent à parler quand le deuxième jeune revient. Presque une heure après, le stock de mots épuisé, ils s'allongent sur leurs serviettes respectives, l'un à côté de l'autre, les yeux fermés, comme s'ils rêvaient.

À l'heure du déjeuner, elle prend congé, tend d'abord la main au jeune aux cheveux courts. Elle embrasse sur chaque joue le jeune aux cheveux longs, lui dicte son numéro de portable pour qu'il l'appelle tout de suite et qu'elle puisse enregistrer aussi le sien.

*

J'ai revu aujourd'hui le type du deuxième étage.

Tu n'as pas eu le temps de le connaître, mon Eva. Je ne sais pas à quel moment il est arrivé. Il n'a fait qu'apparaître. Il est sorti de son appartement avec les sacs-poubelle, il est allé acheter le pain comme n'importe quel voisin, il m'a salué comme si nous nous étions déjà rencontrés.

L'immeuble entier est resté vide peu après que tu es morte. Les tuyauteries et les conduites de gaz et d'air sont si vieilles et si délaissées que la Ville refuse d'accorder le permis d'habitabilité.

La Roumaine dit que c'est un écrivain, même s'il a plutôt la tête d'un employé de bureau dépressif. Ce matin, je suis passé devant sa porte quand il était en train de la fermer à double tour. Il m'a regardé comme d'habitude, avec des yeux trop écarquillés, genre chauve-souris, et il a de nouveau tenté un sourire de grandes dents jaunes qui ressemblait beaucoup à un sanglot retenu.

Si j'étais quelqu'un d'autre (si ne m'avait été destinée cette vie qui m'est destinée, si j'étais né avec plus de force et moins de doutes), il y a longtemps que je l'aurais foutu hors de l'immeuble à grands coups de pied. Mais je suis moi, et j'ai simplement continué à grimper les marches. À faire comme s'il n'existait pas, sentant son regard vitreux sur mon dos.

*

Je suis sorti respirer à 8 h 46, suffoqué par la présence d'Irina sur l'écran de l'ordinateur (au cours de la nuit, elle avait allumé la lumière du couloir deux fois ; elle s'était dirigée vers les toilettes, elle ne portait qu'une culotte et le teeshirt blanc, sans manches, très court ; elle était allée à la cuisine à 5 h pour boire deux verres d'eau. À 6 h, elle s'était assise devant la télévision branchée et avait choisi la couleur du vernis avec lequel, après avoir regardé un épisode d'un feuilleton étranger, presque à 7 h, elle s'était peint les ongles des mains d'abord, des pieds ensuite, avec les jambes très écartées sur le canapé).

À 8 h 43, l'air m'a manqué.

J'avais envie de la prendre dans mes bras, de sentir son odeur, mais aussi de prendre soin d'elle comme de ma fille ; de la dévorer tout entière, sa chair et ses os, mais aussi de lui apprendre le monde, et tout cela, ensemble (tout ce que nous pourrions arriver à être, Irina et moi), m'a oppressé la poitrine jusqu'à m'étouffer.

Je suis sorti dans la rue, elle était encore fraîche, et je me suis proposé d'arriver jusqu'au parc DBC avant 10 h et de rester là jusqu'à ce que le rythme de mes battements de cœur redevienne normal et que je puisse reprendre mon travail.

Sur le chemin, je marchais à longues enjambées sur le trottoir, j'ai compris (grâce au franc appui de la Ritaline) que ce qui m'étouffait n'était pas uniquement le désir sexuel insatisfait ni l'envie désespérée de protéger cette enfant qui semblait être sur le point d'être dévorée par les loups, mais surtout ton regard. Le tien, oui, Eva, ma sœur à moi. Le seul regard autorisé dans ce journal et le seul inévitable pendant des moments comme ceux-ci, quand semble triompher la faiblesse de la chair sur les motivations de la raison, mettant en péril l'exécution parfaite du jour N pour laquelle moi, et moi seul, ai été choisi.

J'ai baissé la tête, me soumettant à ta volonté, comme j'aurais dû le faire depuis le début, et je t'ai promis, presque à voix haute, que je réprimerais tout symptôme de faim qui pourrait affecter la mission. Ensuite, soulagé, je me suis senti libéré du poids de la responsabilité, je me suis assis sur le premier banc que j'ai vu et, pendant quelques secondes, j'ai cru que tu étais là avec moi, à mes côtés, à me toucher presque, comme si tu étais toujours vivante et pouvais respirer, comme si tu avais dix-huit ans et que le futur nous semblait encore un jardin parfait en fleurs.

*

La vieille nation m'offre une remise sur les factures des services publics parce que je vis seul et que je n'ai pas de travail qui me permette de gagner ma vie. Je n'ai pas besoin d'argent, mais je veux montrer au système que j'accomplis mes devoirs de citoyen, y compris quand il s'agit d'obtenir des avantages, c'est pourquoi ce matin, comme tous les six mois, je me dirige vers le bâtiment de Pôle emploi dont je dépends, de l'autre côté du périphérique, je monte les escaliers en essayant de me concentrer sur les plafonds à caissons en plâtre et sur les ornements en bronze, pour ne pas voir les chômeurs de toutes les races qui pullulent dans les couloirs.

Je retire d'une machine blanche un ticket numéroté (131) et je me vois obligé d'attendre debout, dans un couloir mal éclairé, jusqu'à ce que, vingt-sept minutes plus tard, apparaisse enfin sur l'écran mon numéro. Je le sens une seconde avant que cela n'arrive, et lorsque cela arrive, il est trop tard pour fuir. La personne qui m'attend, son gros cul bien fermement posé sur un fauteuil ergonomique, derrière un bureau vermoulu, est une femme noire. Elle me regarde de ses yeux de reptile indifférent, me dit *Bonjour* et fait un signe vers une chaise. Elle porte une tunique aux couleurs de forêt tropicale, et quelque chose qui ressemble à un fichu enveloppe sa tête.

Elle est aimable. Elle est si aimable et souriante et a une voix si douce, si veloutée, si sucrée, que j'ai envie de sauter par-dessus le bureau et de lui faire cracher la vérité à coups de poing. Elle me demande si j'ai un travail. Je lui mens et elle sait que je lui mens. Elle m'aide à remplir le formulaire adéquat. Elle m'explique (et la compassion de ses gestes est de plus en plus aiguë) qu'il se passera cinq semaines avant que la nation me fasse le premier paiement. Elle me demande de revenir la voir une fois que ce sera fait, car elle peut m'obtenir un bon boulot. Mariam, c'est comme ça que s'appelle la Négresse. Elle est si pure et son sourire si grand que je ne sais plus si elle veut m'aider ou me foutre dans son lit (je l'imagine puant, dans la pénombre, dans le coin d'une pièce minuscule aux murs gribouillés de calligraphies arabes).

Avant de partir, je lui demande le montant cumulé de ma pension, pour ne pas avoir à remettre les pieds dans son petit royaume. Elle me donne un code grâce auquel je peux consulter le compte par

Internet, mais en comprenant que mon signe affirmatif est faux, sans que je le lui demande elle me lit le solde à voix haute. La quantité est si faible que son regard peiné contamine deux autres employées africaines.

Moi, je n'ai pas besoin de ces maudites Négresses.

J'ai assez d'argent pour leur acheter une maison à chacune d'elles et à leurs tire-au-flanc de maris et à leurs parasites. Toutes les maisons dont elles ont besoin. J'ai de l'argent pour dix vies. J'ai fait la queue dans ces bureaux pour me rappeler ce que la république fait pour les citoyens pauvres. Pour vérifier ce que je sais déjà : qu'ils sont basanés ceux qui décident, basanés les intermédiaires, basanés les bénéficiaires, comme si nous étions dans un pays de basanés qui à l'occasion octroierait des ressources aux véritables citoyens. Je n'ouvre pas la bouche. Je tourne le dos et m'éloigne, la tête la plus haute possible, sans m'arrêter jusqu'à ce que je trouve un banc propre dans le bois touffu de B.

*

Le jour N existe.

Je dois le répéter pour que tu te rappelles que je le sais.

Le jour N arrivera, rien ne pourra l'éviter, et c'est moi qui serai en charge des cérémonies.

*

Nous sommes dimanche.

J'ai marché jusqu'au kiosque à journaux.

À 11 h 15, j'ai brûlé tout l'excès de papier et maintenant il y a trois mots dans le bocal, sur d'autres plus anciens.

*

Invasion.

Nuage.

Fureur.

*

Ce matin elle a rencontré de nouveau le type aux cheveux longs. Ils se sont retrouvés sur la même portion de plage artificielle, comme si tous deux avaient convenu d'un rendez-vous, et ils sont restés assis à côté l'un de l'autre sur le sable, à parler sans arrêt, elle à trop sourire, à lui toucher le bras de temps en temps au beau milieu d'éclats de rire. Je n'ai pas eu d'autre choix que d'improviser. J'ai passé tout l'après-midi et une partie de la nuit à transpirer, à avoir la bouche très sèche, à le suivre de loin, à l'attendre, jusqu'à ce que, peu après 2 h du matin, il ait fini son service de serveur. Je me suis approché de lui par-derrière, j'ai appuyé à la hauteur des reins la pointe d'un stylo et je lui ai volé son téléphone.

*

Aujourd'hui Irina a appelé trois fois le portable du blond, mais je n'ai pas répondu. Elle a laissé un message sur le répondeur qui annulait la troisième rencontre. À 11 h pile, le type blond a tenu parole et est arrivé à la plage artificielle, seul. Il a fait semblant d'être concentré sur le flot sale du fleuve, sur les péniches, sur les pigeons qui picotaient des morceaux de pain sec. Il a attendu trente-trois minutes. Quand il est parti, tous deux nous avons su qu'il ne reviendrait pas.

*

Je n'avais pas les idées claires.

Ça fait une semaine qu'Irina et ses deux frères sortent à 8 h et reviennent à 17 h. Pendant la nuit, à 2 h, je l'ai vue rentrer dans le séjour, à peine vêtue d'une culotte minuscule, blanche. Elle s'est assise sur le canapé et ensuite s'est allongée, sans se couvrir, et a regardé à la télé un film américain plein d'explosions et de cris jusqu'à 4 h.

Après qu'ils sont sortis tous les trois bien propres et coiffés à 8 h, je me suis mis à marcher sur le trottoir, je ne pensais qu'à ces longues jambes, à la chaleur de sa peau, et comme ça, aveugle, je suis arrivé devant la porte. Sa porte. Comme si je m'éveillais d'un rêve, tout d'un coup, j'ai compris que je me trouvais là, mettant en danger mon destin et celui du vieux pays. Debout, paralysé, avec les caméras et les micros sans fil mal fourrés dans mes poches. Compris aussi qu'il n'y avait pas moyen de pénétrer dans cet appartement sans forcer la porte, et que je n'avais pas idée de comment y arriver.

*

À mon réveil, tout mon corps avait trop chaud. Trop chaudes, la peau, la tête, la chair sous la peau, chaleur qui émanait des os et faisait souffrir mon crâne. J'avais l'impression de brûler vivant, malgré les douches froides, très brèves, malgré le jeûne, le Xanax et l'Alprazolam, le silence absolu et les petites douleurs enchaînées, parfaitement calibrées, malgré le savon et les cures de rigidité. Je brûlais sans pouvoir éviter de brûler, sans cesser de répéter ce verbe, brûler, sans pouvoir cesser de l'écrire ici, avec l'impression que la peau transpirait et que la transpiration, avant qu'on ne la voie, s'évaporait. Au bout de quarante-huit heures j'ai quitté l'appartement sans m'être guéri, mais sachant désormais ce que je devais faire.

*

La ferme.

Les champs onduleux sous la brume, au cœur du vieux pays. L'air froid, propre, de ces sillons cultivés, me guérissant de ce feu. Son silence. La ferme, ma ferme, me sauvant, me rappelant l'imminence de la fin et me faisant savoir aussi qui je suis, pourquoi je suis venu dans cette vallée de larmes, et c'est cela qui importe vraiment.

Je ne suis pas encore sorti de l'appartement, mais rien qu'à imaginer la terre noire, les clôtures, la brume, la température commence à baisser. C'est comme si j'étais en chemin, dans un train presque muet (comme si je pouvais le voir d'ici, un train entièrement rouge ou jaune, la distance le ralentit, il traverse le paysage).

Mais ce n'est pas moi qui approche.

C'est le jour N.

C'est la fin des temps : le train et son ombre très allongée, parcourant les champs fertiles d'Europe.

*

À moins d'un mètre de son petit balcon passe la structure métallique d'un escalier de secours, que sûrement personne n'a emprunté depuis plus de cent ans, qui descend directement dans la partie de la cour adjacente à la mienne, à laquelle on ne peut accéder qu'à travers l'appartement maintenant abandonné et où jadis avait vécu une concierge.

Je ne devrais pas le raconter, mon Eva, je suis honteux, mais je n'ai pas d'autre choix que de le consigner dans notre journal, comme tout le reste. Ce matin, il n'y avait personne aux fenêtres de son bâtiment, alors je suis passé par-dessus le muret qui sépare les deux cours, concentré sur son nombril pour me donner du courage (son nombril, minuscule, parfait dans mon imagination, comme si c'était moi qui le voyais chaque nuit, qui l'embrassais délicatement chaque matin), et comme ça, fiévreux, tremblant de peur, je suis entré par le balcon.

L'installation des micros m'a demandé neuf minutes. Quand j'ai pénétré dans le mystère de sa chambre, j'ai dû faire un effort sur moi-même pour ne pas perdre de temps à ouvrir son armoire, le tiroir de sa table de nuit, le petit coffre où elle garde ses faux bijoux. C'est en flageolant, après m'être déchaussé, que je suis monté sur son lit, que j'ai posé la première caméra sur un pan de mur entre le placard et le plafond, je l'ai collée avec le ciment céramique recommandé par l'expert de la rue de D.

Dans la salle de bain, dans un coin des murs de la douche, en la faisant passer pour un raccord de tuyau vertical, j'ai placé la deuxième caméra, après l'avoir recouverte de cirage pour lui donner la même couleur marron que tout le reste. Quand je suis enfin sorti sur le balcon, transpirant et tremblant, j'ai cru un instant que quelqu'un regardait par les fenêtres obscures de mon appartement (et c'était moi-même : je n'avais jamais quitté mon appartement, j'étais resté là, le front collé sur l'une des vitres, faisant le guet pour que personne n'entre chez Irina pendant que l'intrus était à l'intérieur).

*

Je prends en filature le gros, et il est très facile de tout savoir.

Il travaille comme caissier dans un local de shawarmas sans nom, au 86 de la rue de R, à côté du terrain vague de voies ferrées de la gare de PE. Chaque jour, y compris les dimanches, entre midi et 20 h, il encaisse de l'argent, remet des reçus, sans beaucoup sourire. Ensuite, il prend le métro jusqu'à son appartement, dîne, regarde la télé pendant deux ou trois heures et dort douze heures, puis doit se lever de nouveau pour reprendre sa routine.

Les fils en revanche se retrouvent chaque soir, après 23 h, dans un bar-café de la rue de G, à proximité de l'arche principale. Ils prennent un café et marchent ensemble jusqu'à l'entrée d'une boîte de nuit de luxe. Ils payent comme n'importe quel client autorisé. On les laisse toujours entrer, bien qu'ils aient un pistolet et que les videurs devant la porte refusent plus de la moitié des aspirants, presque tous des Français ou des Américains trop jeunes qui veulent impressionner leurs petites amies, ou des Noirs ou des Arabes millionnaires sans les contacts nécessaires.

Il y a des fêtes tous les soirs, sauf les lundis. C'est le plus jeune des frères qui apporte la cocaïne. Les types chargés de la sécurité, deux Marseillais forts comme des taureaux, les connaissent bien. Les clients passent leurs commandes à deux autres employés qui travaillent à l'intérieur, des Africains, et les livraisons se font toujours dans les toilettes ou dans les couloirs qui se trouvent derrière les scènes.

Ce n'est pas facile d'être là, dans cette masse compacte de très jeunes, très riches citoyens, si pleins d'envie d'en mettre plein les yeux, de claquer de l'argent. Pour faire l'étude complète, le vendredi de la deuxième semaine, je me vois obligé de demander deux grammes de cocaïne. C'est le plus jeune qui me les vend. Il me mène dans un coin sombre derrière la scène d'où une musique électronique avec des paroles enregistrées en français avec l'accent arabe sur fond de synthétiseurs jaillit des enceintes et fait tout trembler.

Il me remet deux petits sachets en plastique pleins, il me dévisage de ses yeux de reptile sud-américain et tend la main droite. Cent vingt euros. Je répète l'opération plus tard avec le frère aîné. De près, il ressemble beaucoup à Irina. Il a des tatouages sur l'avant-bras droit (le chiffre 176 et un serpent à deux têtes), sur le cou (une étoile à cinq branches) et sur les jointures des doigts de la main gauche (cinq cercles, de dimensions différentes). Il ne me regarde pas.

*

Ce matin, je n'ai pas pu résister.

J'ai mis ma perruque noire et les petites lunettes, et j'ai attendu en regardant ce que la caméra avait filmé depuis ma fenêtre, jusqu'à ce que, à 11 h 18, le plus jeune frère émerge de sa tanière. Au lieu de descendre dans la bouche de métro la plus proche, il a marché jusqu'à celle de R, il s'est enfoncé dans l'entrée qui se trouve au coin de la rue et a retrouvé son frère sur le quai. Ils ont voyagé debout, dans le dernier wagon, pendant seize stations, jusqu'à J, et de là une de plus sur la ligne 10 jusqu'à CL. Ils ont parlé tout le trajet, dans cette langue pleine de chuintements et de longs R roulés et de T. L'air très sérieux, sans se regarder.

En sortant du métro, ils se sont dirigés vers l'entrée de la faculté de droit de l'université, à un pas de la place du P. Le plus âgé est resté dans la rue, une cigarette à la bouche, surveillant ouvertement tous les côtés. Moi, je suis rentré cinq minutes après. J'ai trouvé l'autre frère dans le grand hall fourmillant d'étudiants, à côté du point rencontre où avaient été placées des tables. Il circulait lentement entre elles, sifflant très fort, comme s'il voulait que tous le remarquent. Quand il a eu fini, il est allé s'asseoir sur un banc au milieu d'une cour intérieure, à côté de la mâchoire acérée d'un conteneur d'ordures. Les clients, sept, sont arrivés seuls et en moins de cinq minutes ont emporté tous les sachets, sans prendre le temps de vérifier leur contenu.

*

Le troisième vendredi du mois, enfin, je comprends d'où vient la marchandise. Il n'est pas nécessaire d'aller bien loin. Les deux frères s'engouffrent dans la bouche de métro à 5 h du matin et changent deux fois de ligne, parcourent deux fois des couloirs très étroits, puis, vingt-trois minutes après, débouchent sur la station de MD, tout à côté de leur lieu de départ. Ils n'ont fait que rejoindre le quartier R, de l'autre côté des voies ferrées de la gare de PE.

Tandis qu'ils empruntent les marches pour rejoindre la surface, je sais ce qui m'attend. Des magasins fermés, des bâtiments vides qui tombent en ruine, des trottoirs plongés dans l'obscurité, où des excréments de chien gèlent et des vieillards mendient. Mais quand j'arrive il n'y a rien de tout cela. Des citoyens, il n'en subsiste que quelques pauvres poignées, cachés, humiliés. Eux, les travailleurs et les anciens du vieux pays, ce qui en demeure, sont peu à peu déplacés, poussés vers le nord ou coincés contre les voies ferrées. Et tout le reste, c'est l'Afrique. L'Afrique noire. L'Asie, misérable et tropicale, des fois.

Les basanés et les marrons et les jaunes sont déjà bien réveillés, malgré l'heure et le froid et le brouillard. Les Paraguayens marchent entre leurs corps sans dévier de leur chemin, portés par leur arrogance criminelle, comme si les autres n'existaient pas, et finissent par arriver dans une ruelle plongée dans la pénombre, tout à côté du pont qui enjambe les voies ferrées. Ils s'arrêtent devant une façade peinte d'un jaune phosphorescent, aux fenêtres fermées. Ils attendent une quinzaine de minutes en se frottant les mains, fixant le sol, bougeant les jambes pour ne pas geler sur place. Le portable du plus jeune sonne et tous deux regardent vers le haut de la façade.

Tout près de l'unique éclairage de la rue, une fenêtre s'entrouvre, une main émerge et lance une poche en plastique noir. L'aîné s'approche de la fente de la seule boîte aux lettres du bâtiment, sur le côté de la porte métallique, elle aussi peinte en jaune, glisse une enveloppe kraft, très certainement bourrée de billets. Le plus jeune range le sachet noir dans sa veste, et ils se dirigent vers la station de métro.

*

Ça fait une semaine qu'Irina ne dort pas bien et que moi je ne dors pas du tout. Pendant le jour je traduis, la nuit je ne peux pas m'empêcher de la regarder. Endormie, presque tout le temps, mais aussi allant aux toilettes à demi nue, trébuchant comme une enfant, avalant un verre d'eau, allumant son portable pour voir des vidéos, allumant et éteignant la télé.

*

Trois Nègres m'arrosent d'essence et me mettent le feu, au milieu de la place du P. Il fait jour, c'est l'été et il n'y a personne. La petite Irina sort sur un balcon qui n'existe pas, habillée comme une musulmane, visage voilé de rouge, et applaudit tandis que je me roule par terre et me défais déjà en morceaux incandescents. Mon corps essaie de se réveiller et y parvient avec beaucoup d'efforts, mais à présent je suis pris dans un autre cauchemar, moins réel, un cauchemar dans lequel je parcours un quartier d'Arabes, à quatre pattes, les yeux fermés.

Je me réveille très fatigué.

*

Le plus jeune, en cachette des autres, apporte dans l'appartement une sacoche de sport rouge, de marque Adidas, emplie de sachets de cocaïne. Il a certainement promis de payer après la vente, et le grossiste s'est bien rendu compte qu'il n'est pas assez courageux ni assez idiot pour s'enfuir avec la drogue. Le frère et la sœur sont en train de manger tout seuls, quand Irina aperçoit la sacoche accrochée derrière la porte et sait que quelque chose ne tourne pas rond. Elle se met debout, ouvre la fermeture Éclair et sans regarder ce qu'il y a dedans la jette d'un geste théâtral sur la table. Ce sont des paquets de cent grammes et il y a un kilo. Soixante mille euros au prix de la discothèque, cinquante mille au prix de l'université. Ils se disputent. Elle fait semblant d'être indignée, mais il est évident que ce qu'elle veut c'est une part du gâteau en échange de son silence. Le frère fait une offre de dix mille et la sœur accepte, pas besoin de négocier. La scène finie, ils restent une demi-heure à regarder un concours d'acrobaties japonaises à la télé.

*

Je n'ai pas été capable de le décrire, bien que tu le saches déjà :

Toutes les nuits, je fais le montage des images de la salle de bain. Il ne me reste finalement que quinze minutes tout au plus. Irina assise sur la cuvette des WC, fixant l'infini tandis qu'elle pisse ou regardant l'écran de son portable tandis qu'elle chie. Et les parois vitrées de la douche où elle se lave, à travers lesquelles je peux voir, avant que la vapeur ne m'en empêche, toutes les parties de son corps.

Rien de tout ceci ne m'excite sexuellement. La voir comme ça, seule dans la salle de bain, enfin à l'abri des regards avides des loups, me rend triste. Enfermée dans la salle de bain, elle n'est qu'une petite fille absente qui veut être propre, seule et perdue dans ses pensées. Quand elle décide de se brosser les dents après s'être douchée, quand elle le fait entièrement nue, oui, je sens quelque chose qui ressemble au désir, mais je ne me masturbe pas. C'est pareil à une douleur très douce entre mes jambes. Ce que le corps paraît me dire, c'est que je pourrais être là-dedans, là-bas, dans cette salle de bain, tous les jours de sa vie, m'occupant d'elle, comme un bon père.

*

Pour la troisième fois depuis que je les surveille, le père et le grand frère ont disparu sans laisser de traces. Est-ce qu'ils sont au Paraguay ? Est-ce qu'ils sont morts ? Est-ce qu'ils se sont évanouis, comme dans mes rêves ?

*

Le plus jeune est arrivé à l'appartement à 7 h du matin, ivre et défoncé, sans la sacoche, avec une amie. L'amie s'est écroulée endormie sur le lit du frère à peine arrivée et lui est allé dans la chambre d'Irina et l'a réveillée en lui faisant des chatouilles, la mettant en colère et la calmant ensuite avec une liasse de billets de cent euros qu'il a lancée en l'air comme si tous les deux venaient de gagner à la loterie.

*

À 18 h, Irina a retrouvé trois amies dans le jardin V, puis elles sont allées dans un café avec le petit ami de l'une d'elles et quatre de ses amis. J'ai cessé de les observer quand j'ai compris que je m'étais mis à trop transpirer malgré le froid et que le tremblement habituel, celui des mains, gagnait mon cou. J'ai jeté un dernier coup d'œil au groupe et tandis que je m'éloignais j'ai entendu leurs rires bruyants qui se moquaient de ma solitude.

J'ai marché pendant trois heures, sans m'arrêter, de plus en plus vite, comme dans un film comique, avec le tremblement qui empirait. De retour à l'appartement, je suis parvenu à ne pas jeter un coup d'œil sur les caméras ni écouter les micros avant d'avaler deux milligrammes de Xanax et deux autres de Seroxat. Quand enfin j'ai pu regarder, Irina, une autre amie secrétaire et deux hommes que je n'avais pas vus fumaient de l'herbe sur le sol, entourés de bouteilles de bière vides. Le jeune frère n'était pas là et à voir le visage rouge et la bouche entrouverte d'Irina, j'ai compris qu'il n'allait pas arriver.

Ils sont tous partis à 22 h, sauf l'un des hommes. Il s'appelait Pierre et avait un visage angélique, il portait une chemise rose repassée et un pull vert clair, noué autour du cou, parfaitement posé de manière symétrique sur ses épaules et, malgré la bière et l'herbe, il était resté impeccablement coiffé. Quand enfin elle lui a demandé ce qu'il faisait dans la vie, Pierre lui a lâché un discours préparé, parfait, avec un accent de classe supérieure qui paraissait plus imité qu'authentique.

Il lui a affirmé avoir vingt ans et faire des études de commerce. Et aussi aimer le jazz, nager et naviguer, vouloir lancer sa propre boîte de distribution de produits pharmaceutiques, profitant de l'expérience de son père. Comme dans un film, comme si rien de tout cela n'avait de réalité, Irina l'a regardé à travers les volutes de la fumée qui sortait de sa bouche, avec un sourire qui voulait être moqueur et qui ne l'était pas complètement. Je me suis demandé si Irina croyait vraiment tout ça, si vraiment elle pouvait penser qu'un type comme ça pouvait la tirer d'entre les crocs de la meute.

Voyant la manière dont elle l'a traité quand enfin ils se sont retrouvés nus, il m'a été évident qu'elle avait déjà couché avec un homme, ou qu'elle avait vu des vidéos pornos, ou qu'elle était née avec le talent naturel d'une splendide bête fauve sud-américaine. Épilée, l'air très sérieux, elle n'a pas enlevé son tee-shirt, elle n'a pas parlé. Elle l'a masturbé un moment très habilement, avant de le laisser la pénétrer. Quand il a été en elle, j'en ai été soulagé, elle ne s'est pas laissé embrasser : comme si elle avait été une prostituée, ou comme si elle ne faisait que satisfaire une nécessité naturelle, pareille à celle de manger ou de déféquer.

Lui, il a semblé prendre beaucoup de plaisir. Il a transpiré. Il a gémi. Quand, enfin, ils se sont reposés, il s'est mis à parler tout seul, sans s'arrêter, feignant le calme, fixant le plafond, s'habillant aussi et allant aux toilettes et revenant, et de nouveau allongé sur le dos mais à présent habillé, la main posée sur le ventre d'Irina. Il ne s'est pas passé dix minutes qu'Irina en a eu marre de l'entendre. Elle s'est mise debout, est allée à la porte de la chambre, l'a ouverte et lui a dit de se casser.

Il a cru que c'était une plaisanterie et a ri bruyamment, sans la regarder, assis maintenant au bord du lit et tendant les bras en avant, comme si elle allait s'approcher pour se laisser enlacer, comme s'ils se connaissaient, comme s'ils avaient été mari et femme. Elle lui a mis les points sur les i. Si tu te casses pas tout de suite je vais appeler mes frères. Ils vont pas être très contents de te voir. Je vais aller aux toilettes et, quand je vais revenir, je veux pas te voir.

*

Le moment est venu de te parler un peu plus longuement de la ferme. Elle se trouve à quinze minutes à pied du village de B. Je l'ai achetée il y a deux ans avec ce que maman nous a laissé et depuis lors j'y suis allé toutes les semaines.

Aujourd'hui, j'ai fait semblant de me tromper en prenant la ligne de métro, j'ai bu un verre de limonade à la station de B, un autre à C et un troisième à la gare de PMP, regardant toujours avec attention tous les passants, recherchant un visage déjà vu. Une fois au village, j'ai acheté une nouvelle pelle dans le magasin d'outils agricoles, même si je n'en ai pas besoin. Je le fais tous les deux mois. J'achète des outils ou des aliments ou des semences, pour qu'on sache ce que je suis (un citadin avec des aspirations de paysan) et comment je suis (affable, simple, silencieux).

Je suis arrivé à la ferme à pied, presque à 11 h du matin, la pelle sur mon épaule, et je n'ai pas pu m'empêcher de sentir des chatouillis au milieu de la poitrine. J'ai labouré la terre avec le petit tracteur qu'on m'a vendu avec la ferme. Je sèmerai au bon moment des oignons, des pommes de terre, des blettes. À 14 h, j'ai déjeuné dans le seul restaurant du village, fréquenté par les routiers et les journaliers basanés, ensuite je suis retourné en tracteur avec des sacs d'engrais. Dans le hangar du fournisseur, le patron, un homme très âgé, m'a demandé qui j'étais, comme d'habitude. Comme d'habitude, je le lui ai rappelé : le citadin qui avait acheté la ferme, celui qui était en train d'apprendre à devenir agriculteur. C'est un soulagement que quelqu'un arrive alors que tout le monde s'en va, m'a-t-il dit pour la énième fois, puis après m'avoir dévisagé comme s'il avait déjà oublié de nouveau qui j'étais, il m'a fait savoir sur un ton confidentiel qu'il était temps de déparasiter. J'ai promis de lui acheter un asperseur la semaine prochaine.

Plus tard, j'ai balayé et nettoyé la grange. Quand elle a été impeccable, je me suis mis à couper et à polir avec mes machines les pièces de bois pour les moules et à ajuster les amorces des mises à feu. Ensuite j'ai coulé deux blocs de plâtre. Tout ça m'a pris l'après-midi. Avant d'éteindre les lumières et de sortir, j'ai regardé la grange, les outils parfaitement alignés, le sol si propre, les formes de plâtre déjà dressées, déjà ressemblantes avec ce qu'elles devront être quand arrivera, en temps voulu, le jour N. Sur le chemin qui mène à la route, j'ai regardé mes mains à la lumière de la lune et je me suis aperçu que ça faisait plus de huit heures que je n'avais pas pensé à Irina.

*

Mon Eva, ta chambre est restée telle que tu l'as laissée le jour où tu es partie :

– Le lit fait, les draps bleu clair dont je t'avais fait cadeau, l'oreiller moelleux et bas que tu as toujours aimé, la couverture jaune et les trois poupées : l'ours d'une enfance qui m'a précédé, la poupée de l'enfance partagée, la très petite poupée de ton adolescence triste.

– La table de nuit sur laquelle repose le livre que tu lisais au moment de ton départ, *Le talentueux Mr Ripley*, sur ma recommandation, avec le coin supérieur droit de la page 193 corné en triangle. Le tiroir où attendent encore, immobiles dans cette pénombre froide, tes secrets, qui maintenant sont les miens : le coffret couvert de velours noir avec les boucles d'oreilles qu'un petit ami disparu sans laisser de traces t'a offertes ; le parfum dans un flacon sombre, ni trop cher ni trop bon marché ; les bouchons d'oreilles (pour supporter le tic-tac de l'horloge de maman dans le séjour et le ronronnement du téléviseur des voisins et les voitures fantômes qui passent dans la rue de L en fin de nuit) ; un carnet que je t'ai offert pour que tu dessines mieux et sur lequel tu n'as jamais dessiné parce que tu n'en as pas eu le temps ; un emballage en plastique, rose, intact, dans lequel attendront pour toujours douze serviettes hygiéniques ; un coupe-ongles argenté standard ; du vernis à ongles, lui aussi intact, de couleur violet foncé.

– Le placard : tennis roses de marque Puma, des chaussures en daim marron, des bottines en cuir noir (tous avec une semelle amovible en cuir d'un centimètre sous le talon du pied gauche) ; sept chemisiers (noirs ou de couleurs pastel) ; trois chemisiers plus légers (tous de couleur jaune pâle) ; un teeshirt pour mettre à l'intérieur (blanc) ; un pull-over léger en fil (rouge) ; deux tee-shirts thermiques (blancs) ; deux pantalons d'intérieur thermiques (blancs) ; deux vestes d'hiver (l'une de sport et rouge, l'autre classique, longue et noire, avec de grands boutons gris) ; sept sous-vêtements (trois blancs qui recouvrent les fesses, trois roses qui découvrent les fesses, et un genre tanga, jaune) ; quatre soutiens-gorge taille 95D (deux rouges, deux bleus).

– En haut du placard, l'étagère avec ce qui aurait pu être le décor de notre enfance normale si tout n'était pas allé si mal, si papa et maman n'avaient pas quitté le monde comme ils l'ont fait. Les jeux de société, les feuilles de carnets de comptes tenus à la main et enveloppées dans des sachets en plastique blancs, la machine à coudre verte dont on ne s'est jamais servi, un orgue électrique noir sans fil, une guitare à laquelle manquent deux chevilles, des raquettes de ping-pong rouges, des balles de ping-pong blanches. Et la boîte métallique où il y a encore les quelques photos rescapées de l'enfance (maman a brûlé bien avant de s'en aller toutes celles où se trouvait papa, et toi, tu as dû l'aider, ma pauvre sœur, comme si la haine pouvait vous transformer toutes deux, vous rendre plus mère, elle, et plus fille, toi).

– Le petit meuble des filles, comme tu l'appelais, avec deux tiroirs vides, un miroir et une surface en bois rouge sur laquelle j'ai posé, le lendemain de ton départ, une petite installation en ton honneur. Un grand verre bleu acheté dans le quartier C, à travers lequel on peut voir une mèche de tes cheveux sauvée de la poubelle le jour de ton départ ; une photo de nous deux assis sur le rebord du bassin du jardin du L, tu as vingt et un ans et moi huit, souriant comme si nous étions heureux, mais avec papa déjà parti, avec maman qui faisait tout son possible pour paraître normale, si étrangers à ce quartier de l'arrondissement F ; un étui très petit, d'origine incertaine, contenant les croissants parfaits de tes ongles que j'ai coupés quand je t'ai préparée pour le dernier voyage ; les vêtements que tu portais ce jour-là, avant de te retrouver entièrement nue, propre, en chemin vers l'au-delà. Deux bougies, longues, blanches. Et au milieu ton autoportrait au fusain, le seul que tu n'as pas jeté au cours des derniers jours, où tu as l'air de sourire, mais ton regard, lui, est las et plein de haine pour le monde entier.

*

Grâce à ton intercession, je suis guéri de toutes les douleurs récentes.

J'ai passé quarante-huit heures agenouillé devant ton autel.

Après avoir éteint les bougies, j'ai mangé, je me suis lavé le corps pendant vingt-trois minutes et je suis déjà de nouveau en pleine possession de mes facultés, prêt à affronter mon destin.

*

En me rasant ce matin, je me suis fait une coupure au menton.

Avant d'ouvrir les yeux, pendant un millième de seconde, j'ai cru que tu étais là, debout, Eva, tes yeux perplexes me regardant dans le miroir.

*

Il y a trois jours, le Pakistanais de la pharmacie m'a donné un nouveau comprimé. Il l'a présenté comme la substitution du Xanax, sans les effets secondaires. Il mentait, et j'ai su qu'il mentait, mais tout ce que j'ai à faire dans ce monde, c'est de gagner du temps jusqu'à la fin, en évitant de tomber malade à cause de cette Paraguayenne à moitié nue, et de ne pas le perdre en lisant le mode d'emploi, les contre-indications, les effets secondaires.

Le mélange de Zopax avec les doses de Chlorpromazine et de Halopéridol qui me restaient m'a fait halluciner.

Rien de grave.

Des cafards très rapides qu'il n'y avait pas sur les murs.

Des rayons de soleil visibles à travers les vitres.

Des poussières se déplaçant à l'intérieur de ma tête, quand je fermais les yeux.

Beaucoup plus important que les hallucinations et les instants de panique qui ont suivi, la certitude qu'enfin, grâce aux comprimés du Pakistanais, le désir sexuel avait été définitivement dompté.

*

Avec l'argent que papa a laissé avant de se casser, celui dont on a hérité de maman, le prix de cet appartement et ce que vaut maintenant la ferme, je pourrais vivre deux cents ans. Je travaille uniquement pour ne pas perdre les dernières positions qui tiennent bon, les dernières îles dans un océan de confusion qui parfois veut m'avaler et d'autres fois m'éblouir de sa beauté, qui est infinie.

Maintenant que j'ai Irina, et que j'ai mes travaux manuels, les monstres de la folie, toujours en éveil, semblent avoir perdu de leur férocité. Tandis qu'ils agonisent ? Tandis qu'ils attendent, aux aguets dans l'obscurité, aiguisant leurs griffes ?

Le travail, dorénavant et jusqu'au moment de vérité, me servira uniquement à marquer le passage du temps. Toute ma rage (et ce n'est pas un mérite que j'ai, ce ne l'est plus) n'a qu'un seul but. Un but qui n'est pas moi-même : qui n'est pas la précision des affaires quotidiennes, ni les longues promenades, ni l'investissement absolu dans la propreté du corps, ni le souvenir de ta mort. Un but qui est capable de réveiller les millions de citoyens de la vieille république, qui depuis des décennies et des décennies marchent comme des morts-vivants (dans toutes les rues ensoleillées, dans tous les jardins, dans toutes les chambres sombres, dans toutes les salles de classe de toutes les écoles et sur toutes les places fleuries).

*

Ils fonctionnent très bien, ces nouveaux comprimés. Ils me relaxent, ils m'empêchent d'avoir peur. Même pas avec les petites hallucinations diurnes. Je dors huit heures chaque nuit, comme jamais auparavant. Ce matin, j'ai senti l'envie insupportable d'allumer l'ordinateur pour voir Irina nue. Comme si le corps, déjà habitué au Halopéridol, à ses effets d'extinction de l'appétit sexuel, employait enfin, plein de rage, le peu d'énergie disponible. J'ai réussi à contrôler cette tension qui croissait à la jonction de mes jambes, plus profond dedans, à la base de la colonne vertébrale. J'ai cru comprendre, pour la première fois de ma vie, que ce qu'affirme le proverbe populaire est vrai : à quelque chose malheur est bon.

La gorge brûlante, la nécessité douloureuse de voir son corps m'ont fait comprendre que les temps à venir exigeraient davantage de discipline que les temps passés. Sans savoir en quoi consisterait cette discipline le moment venu, j'ai choisi de sortir et de marcher toute la journée, sans changer de trottoir, sans dévier de mon chemin (changeant de cap seulement quand je me heurtais à un bâtiment) : toujours au même rythme, tout droit, sans m'arrêter non plus aux croisements avec des feux, pareil à un aveugle, sans voir les voitures passer dans les deux sens, les entendant et, comme ça, soulagé enfin du bruit à l'intérieur de ma tête, parvenant à me reposer de la vérité (de toi, chère sœur, me regardant derrière les miroirs ; de la discipline nécessaire pour survivre ; de la quantité inconnue de jours qui me restent jusqu'à la fin ; de l'impossibilité de toucher Irina ; de toute cette insupportable responsabilité pesant sur mes épaules).

Quand j'ai eu fini le parcours, j'ai su qu'après avoir été perdu presque sept heures, à la fin du jour, j'ai tracé de mes pas, sans l'avoir planifié, un triangle parfait (boulevard de M, rue de T, boulevard de S), et que ce triangle, son image rayonnante dans ma tête, me donnait déjà la force dont j'aurais très bientôt besoin pour être le messager des bonnes nouvelles.

*

Les œuvres artisanales, réparties de manière parfaitement symétrique sous la toiture de la vieille grange, me surprennent tous les jours.

Je suis ému de les voir comme ça, à moitié finies, encore démontées et les entrailles répandues à l'extérieur : elles m'offrent une paix que rien d'autre ne me donne, même si ça fait tant de jours que je ne parviens pas à poursuivre leur achèvement, bien que je vienne maintenant trois fois par semaine, je me suis tellement trompé dans les tâches les plus faciles, par la faute d'Irina, de l'odeur imaginée de son corps très doux (même si j'ai laissé mal montés les joints, ou cassé les moules, ou renversé le plâtre, ou mal connecté les circuits).

Il y a une semaine j'ai découvert le sulfate de dexamphétamine. Cinquante milligrammes le matin, combinés avec une canette de Red Bull, une de Coca-Cola Zéro et une aspirine devraient me permettre de mener enfin à bien tout ce travail en retard. Mais je n'arrive pas à avancer. J'ai trop souvent envie de dormir pendant la journée, et je ferme les yeux, et alors je vois, répétée sans répit, jusqu'à ce que l'entrejambe me fasse mal, que la tête et les os me fassent mal, l'image nette d'Irina allongée, nue sur son lit. Son corps parfait, oui, avec les jambes légèrement ouvertes et le petit animal assoupi sous le fin tissu de sa culotte minuscule, et les longs doigts serrant ces draps si blancs, mais aussi son visage sérieux : ses yeux ailleurs, sa tête qui pense ou qui rêve. Irina entière, comme ça, regardant seulement vers le dedans, mais voulant comprendre le monde.

*

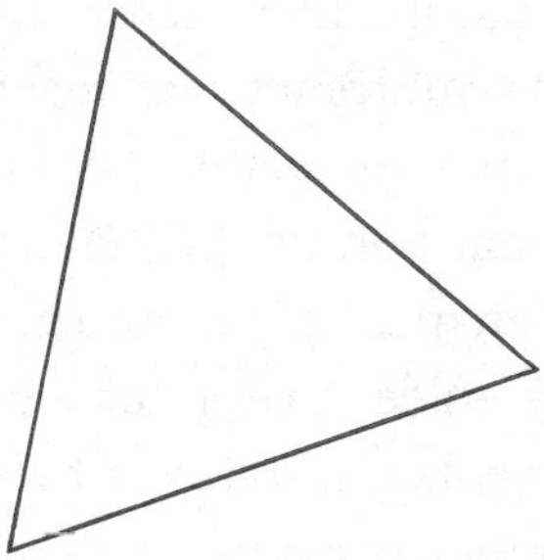

*

Ils le savent. Tous. Je sais qu'ils le savent et les médicaments n'ont rien à voir là-dedans.

À 8 h du matin, quand je suis rentré dans le magasin de la Roumaine, j'ai compris qu'elle n'aurait pas à attendre longtemps l'arrivée du jour N (l'indignation, les cris dans la rue, les informations de la télé), qu'elle comprenait tout, maintenant, qu'elle avait toujours compris. Qu'elle était consciente de combien je la haïssais, que je haïssais son pays d'origine sans le connaître et sa gueule édentée et son travail de merde et son magasin et sa misère et sa crasse.

Elle m'a regardé de l'autre côté de la caisse avec une haine comme ça, absolue, luisant au centre de ses pupilles de reptile, et m'a rendu la monnaie en formant un grand sourire. Une demi-heure plus tard, place du DM, le pharmacien pakistanais a évité de me regarder. Moi, en revanche, je l'ai regardé. Ce que j'ai trouvé, c'est que lui aussi savait que je le haïssais et que je l'avais toujours haï, bien que ce soit lui qui me maintienne en vie. Il n'a fait qu'écouter mes symptômes, son regard fixé quelque part au-dessus de mes épaules, et la rigidité de ses mâchoires m'a fait penser qu'il était sur le point de perdre sa contenance et de me sauter à la gorge. Cette haine contrôlée entre nous deux, la précision de nos mouvements qui tendaient les fils du temps, m'ont fait imaginer, avec une netteté absolue, chacune des nouvelles qui lui parviendraient de moi, le jour N déchaîné.

Quand j'ai pu sortir dans la rue, j'ai eu le souffle presque coupé, ivre d'une émotion destructrice pareille à la faim ou au désir sexuel. Sur le chemin du retour, je n'ai pas pu éviter de remarquer l'existence, réelle ou virtuelle, de tous les immigrés rampant sur les trottoirs : des Noirs, des Arabes, des Asiatiques, des Indiens, des Sud-Américains. Sur le palier du deuxième étage, cette joie a été entamée par ma lutte contre le regard de l'écrivain torve. La curiosité que je provoque en lui est telle qu'il ouvre sa porte noire, maintenant sans honte, pour me voir monter les escaliers.

S'il pouvait le faire, l'écrivain me tuerait. Je n'en ai aucun doute. Il volerait mes meubles, mes souvenirs d'enfance, tes vêtements, tes bijoux, mes casseroles et mes assiettes, les photos, ton autel, mon ordinateur, les micros, les caméras, les enceintes. Il emporterait tout. Une fois dans la cuisine, avec tous les verrous de la porte bien tirés, j'ai avalé dix milligrammes de Zyprexa, qui, selon le pharmacien, sont capables d'atténuer la paranoïa sans la faire disparaître entièrement (même lui, qui n'en veut qu'à mon argent, a avoué avec honnêteté son ignorance : les effets d'un médicament plus fort contre la paranoïa, mélangé à tous ceux dont mon corps a profité pendant les derniers mois, peuvent avoir des conséquences imprévisibles).

Je n'avais pas encore senti le mouvement nouveau du composé chimique dans mon cerveau quand je me suis assis, que j'ai allumé l'ordinateur et imaginé Irina avant qu'elle n'apparaisse sur l'écran.

*

*

Je ne me trompe pas en marchant, pas une seule fois, je n'hésite pas. Comme si le trajet avait été dicté par une force supérieure à la mienne, mieux : une force qui comprendrait ces lignes, ces angles, ces mots transformés en points. Je vérifie sur le plan accroché au mur de la cuisine ce que je sais déjà : en marchant aujourd'hui j'ai dessiné une étoile à cinq branches. Asymétrique, abîmée, imparfaite comme une fleur ou une feuille sèche.

Je ne suis pas surpris que l'étoile existe. Ni que son centre se trouve au croisement de la rue de T et de la rue de V, ni que les pointes soient ce qu'elles sont, ni qu'elle finisse dans un cabaret rouge et mort au nord, et à la station de métro P au sud. Ni qu'elle débouche sur le théâtre national.

*

Elle ignore que j'existe, la petite Irina, et cela ne cesse pas de me surprendre, alors qu'elle est si proche de moi.

Elle ne sait où aller, elle ne sait comment échapper à la meute de loups dans laquelle elle est née, comment survivre seule dans cette ville qui est une forêt peuplée d'ombres et de bêtes bien plus obscures et bien pires.

*

C'est arrivé mercredi soir. Irina était arrivée de son école de secrétariat à 19 h 16 et les trois autres étaient assis à table sous la lumière sale du plafonnier en plastique. Elle ne les a pas salués. Elle a posé ses affaires dans la chambre, est allée aux toilettes, puis a mis ses écouteurs connectés au portable et est entrée dans la cuisine pour leur préparer quelque chose.

Les hommes avaient passé leur temps à boire de la bière bon marché et du rhum depuis 17 h. Ils ont parlé en français, en mauvais français, tout le temps. De football, du changement de videurs de la boîte de nuit, d'une femme avec laquelle les deux garçons voulaient coucher : de plus en plus agités, suant, écarquillant grand les yeux, comme des macaques dans une cage attendant un signe pour se sauter dessus mutuellement.

Quand les pâtes et la sauce ont été prêtes, Irina les a mélangées dans une casserole qu'elle a posée directement sur un chiffon, sur la table. Le frère aîné, qui tremblait déjà et parlait trop fort sous l'effet du rhum, lui a demandé si elle n'allait pas servir les pâtes dans les assiettes. Elle l'a fait, l'air très sérieux, sans enlever les écouteurs. Elle en était au troisième homme, l'aîné, quand elle a trébuché, failli tomber et renversé une partie des pâtes chaudes sur les jambes du frère.

Il a regardé son pantalon sali, il l'a regardée, s'est mis debout et sans dire un mot l'a poussée des deux mains ; elle s'est retrouvée assise par terre, éclaboussée de cette sauce rouge et tiède comme du sang. Les deux autres hommes ont jeté un regard vitreux d'alcool sur la scène et n'ont rien fait. Le vieux a avalé une autre gorgée de bière, a roté et a continué à manger. Le plus jeune a semblé effrayé, il s'est redressé sur sa chaise, jusqu'à ce qu'il entende son frère éclater de rire et le voie s'asseoir, et alors lui aussi a planté sa fourchette dans la montagne de pâtes.

Irina a repoussé la casserole, passé la main sur son tee-shirt taché, s'est mise debout, les écouteurs encore aux oreilles, a serré très fort les mâchoires et a levé le bras pour balancer à l'aîné une gifle, brève, forte, sonore. Lui l'a regardée avec un sourire torve, a feint de se lever avec difficulté mais lui a tout à coup flanqué un coup de poing en pleine figure. Irina s'est pliée en deux, elle s'est redressée, a insulté son frère, lui a craché dessus et s'est de nouveau courbée.

Elle n'avait pas encore posé les mains sur ses genoux que le frère l'a saisie par les cheveux et sans dire un mot l'a traînée derrière lui, elle criant, se tordant, jusqu'à ce qu'ils disparaissent tous deux dans la pénombre. J'ai cessé de les voir, mais j'ai pu les entendre grâce au micro que j'avais installé dans la chambre des frères. Quand il a été évident que la correction n'allait pas s'arrêter (quand les cris ont commencé à ressembler à des hurlements), je me suis éloigné de l'écran. J'ai quitté la chambre, ouvert la porte de l'appartement et me suis mis à marcher, de plus en plus vite, sans m'arrêter, sans direction, laissant ma tête répéter sans pause des mots sans rapport les uns avec les autres, aléatoires, chassant toute pensée.

À mon retour, il était 23 h.

Les lumières de l'appartement d'Irina étaient éteintes.

J'ai pris trois milligrammes de Clonazepam, je me suis traîné jusqu'à la chambre, entendant encore les trois mots de la semaine, du grand quotidien national (à présent lourds, lents, pâteux, dans ma tête), les répétant à haute voix pour qu'ils ne m'abandonnent pas, et c'est comme ça que je me suis endormi, sans me déshabiller, allongé sur le ventre, accroché au lit comme à une bouée de sauvetage.

*

Dieu.
Sème.
Haine.

*

Je me suis levé à 9 h, tout endolori, et, après avoir nettoyé la maison de fond en comble, je me suis douché à l'eau froide puis j'ai eu assez de courage pour regarder l'écran de l'ordinateur. Rien dans la caméra de la chambre, rien dans celle de la salle de bain. J'ai agrandi l'image de la salle de séjour. Assise par terre, derrière le canapé, fixant le mur comme un chiot apeuré, Irina. La casserole des pâtes toujours sur le sol, les bouteilles de bière vides et les assiettes sales sur la table.

Quand enfin elle s'est mise debout, elle s'est étirée comme un chat et est allée jusqu'au plan de travail de la cuisine pour se rouler une cigarette très fine qu'elle a fumée, très lentement, dans le pan de soleil qui éclairait les plantes du balcon, assise sur la petite chaise métallique, la lumière baignant son visage. J'ai pu voir un bleu autour de l'œil droit et, dans le cou, ce qui semblait être une trace rouge. Elle a fumé les yeux fixés sur les grandes feuilles vertes, comme si elle n'était pas là, comme si elle rêvait. Quand elle a eu fini de fumer, elle s'est levée et s'est éloignée en boitant, voûtée, jusqu'à ce qu'elle se perde au fond de l'appartement.

Elle s'est douchée pendant une demi-heure. Avant que tout ne disparaisse dans la vapeur j'ai pu voir comment elle se caressait, l'air triste. Les épaules et les petits seins fermes et les jambes et ce qu'elle a caché entre les jambes, le regard toujours fixé sur les carreaux de couleur orange de la douche, la même tristesse absente avec laquelle elle avait regardé peu de temps avant les murs sales du séjour.

*

Il est sorti du métro CC peu après 8 h du matin, comme tous les vendredis, seul. La police l'attendait devant la sortie est. Je les ai vus depuis l'autre côté de l'avenue de F. Quatre agents en civil. Ils n'ont pas eu à employer la force : ils lui ont seulement demandé de s'arrêter, de mettre les mains sur le mur et d'écarter les jambes. Ensuite, ils l'ont fouillé, et quand ils ont trouvé la poche en plastique noir avec la drogue et le pistolet, ils l'ont menotté.

Ils l'ont fait asseoir sur le siège arrière d'un véhicule rouge et ont été escortés par une voiture de police. Possession de produits stupéfiants destinés à la vente, sept ans de prison. Port d'arme à feu non enregistrée, deux ans. Je les imagine, ces paroles et ces sentences que j'ignore, encore immobile à ce coin de l'avenue de F. Un juge avec sa robe noire, comme celui que j'avais déjà imaginé deux jours auparavant, dans la gare de PMP, tandis que je parlais à la standardiste enrouée du commissariat S. Je le sais et je n'ai pas à me le répéter. Le frère d'Irina est une bête sauvage comme tous les autres, mais une bête pire que les autres, une bête sud-américaine, capable de dévorer les femelles de sa propre famille sans hésiter.

J'espère qu'il pourrira dans un cachot sombre dont il ne sortira pas entier.

*

Je ne te l'ai pas raconté, comme si ne pas te le raconter pouvait empêcher que tu le saches.

Je me suis laissé entraîner par mes pulsions, par une urgence des sens que j'ai confondue avec le courage. Je suis entré dans son appartement, pendant qu'elle faisait des courses, et je lui ai laissé mille euros. Cinq billets de deux cents euros tout frais sortis de l'imprimerie, entre son oreiller et les draps si blancs. Ensuite, j'ai dû attendre deux jours, jusqu'à ce qu'enfin elle compte ce qu'elle avait mis de côté au cours de nos trois mois ensemble. Elle l'a fait sur le balcon, debout, l'air très sérieux, à moitié nue. Quand elle a eu terminé, elle a souri un instant et moi aussi j'ai souri en voyant ses lèvres depuis mon obscurité. J'ai senti que l'air me manquait quand j'ai cru remarquer que ses yeux cherchaient un mouvement ou une lueur dans les fenêtres de la cour, sur le toit de mon bâtiment, dans ce ciel si gris d'où je la regarde.

*

Hier non plus je n'ai pas pu tout te raconter. Je sais que tu m'observes depuis l'au-delà et que tu méprises ce en quoi je suis en train de me transformer, que tu ne veux pas voir ce drogué insomniaque si semblable à ton frère, cette ombre de celui que j'ai été, de plus en plus obsédé par l'adolescente basanée qui s'ennuie de l'autre côté de la cour. J'ai eu honte d'avoir à l'écrire, mais tu sais déjà que c'est la vérité : j'ai volé une de ses culottes. Je n'espère pas que tu le comprennes. Je l'ai fait quand je suis entré lui laisser de l'argent. Depuis hier je parcours mon appartement avec cette culotte sur la tête, la partie qui normalement couvre le con sur mon nez, les yeux dans les échancrures des jambes, comme si en le faisant je pouvais vraiment sentir son con et pas sentir le savon bon marché dont elle se sert pour laver ses vêtements et le graillon de la cuisine où sèche le linge de toute la maison.

J'ai passé mon temps à parcourir comme ça, sans pause, l'appartement dans tous ses coins et recoins, comme si j'étais une bête honteuse, mais en étant seulement un dingue et un drogué, allant d'un mur à l'autre avec beaucoup d'énergie, souffrant de cette érection incontrôlable. C'est alors qu'en portant la main à l'entrejambe je me suis rappelé la douleur. La douleur, tout le temps disponible même si moi je n'avais pas voulu le voir. Son pouvoir salvateur. La douleur effaçant la douleur. La douleur effaçant tout, et aussi l'âme.

Et en le faisant, en me le rappelant, l'animal en lequel je suis en train de me transformer a renoncé à s'arrêter avant d'atteindre les murs, et a commencé à se donner des coups de tête contre le papier peint, contre les épais parpaings derrière le papier, contre les pierres plus anciennes que les parpaings couvrent. Malade et excité et décidé à purger tous mes péchés, je me suis cogné chaque fois plus fort, heureux, laissant le sang salvateur me tremper le crâne puis les joues et le col de la chemise. Avant les derniers coups et l'évanouissement final, le voyage claustrophobique qu'est la vie, libre enfin de tout désir, m'a paru aérien, d'une légèreté extrême, parfait.

*

J'ai repris conscience couvert de sang. Je me suis lavé jusqu'à la perfection, jusqu'à ce que la nouvelle douleur ait déplacé l'ancienne, seule subsistant la blancheur absolue du carrelage étincelant derrière la baignoire. Ensuite j'ai fait ce que j'aurais dû faire depuis le début : je suis allé dans ta chambre, j'ai ouvert la fenêtre, j'ai ouvert le tiroir de ta table de nuit, posé la culotte sur une assiette en verre, l'ai arrosée avec ton parfum, je lui ai mis le feu et, aussitôt, je l'ai lâchée, déjà presque réduite en cendre sur le conteneur d'ordures du puits de lumière.

*

J'ai pu de nouveau faire la sieste après une journée de travail normale, après avoir mangé aux heures convenables et m'être contrôlé pour ne pas consacrer une seule minute à la contemplation d'Irina (trop maigre, de plus en plus sérieuse, se déplaçant pieds nus, à demi nue, comme un animal différent).

J'ai rêvé de son père. On était ensemble en prison, dans la même cellule, je savais qu'il avait été condamné à perpétuité par ma faute. Là, j'étais sur le point d'être libéré sans raison, et le gros comprenait que c'était moi qui l'avais dénoncé. Il demandait à un gardien de me laisser un moment de plus, il voulait me dire quelque chose. Le gardien restait là, à nous regarder, pendant quelques secondes grises qui, dans le rêve, paraissaient des jours ou des mois. Quand enfin il nous laissait seuls, le père d'Irina m'obligeait à appuyer mon visage contre le mur et je sentais que mon corps n'était autre que celui d'Irina, qui était triste et maigre et endolori, et qu'elle était ici, dans la cellule, mais aussi dans l'appartement vide.

Alors le gardien glissait sa tête par la porte et nous regardait de nouveau, avec un sourire luxurieux, tandis que le gros baissait mon pantalon et me murmurait quelque chose à l'oreille, dans une langue inconnue, avant de me pénétrer de toutes ses forces. J'essayais de bouger, j'essayais de crier, mais mes jambes ne répondaient pas et les mots restaient enfoncés dans ma gorge.

*

Au lever du soleil, avant le café et les comprimés, comme si c'était encore nécessaire, comme si ce n'était pas déjà suffisant, j'ai passé une heure à regarder Irina. Allongée sur son lit, elle m'a paru être un cadavre parfait, dormant comme ça, dans sa nudité, devant l'objectif de la caméra, mais aussi dans une autre chambre, différente, dans de nombreuses chambres du passé, dans la vieille Europe (son corps élancé, très mince, ses longs cheveux répandus tombant hors du lit, sa bouche entrouverte et ses yeux fermés).

*

Avant de quitter le monde des vivants je ferai tout le bruit que je pourrai pour que s'éveillent ceux qui dorment, dans la ville, dans la vieille république, et dans l'Europe entière. Je serai le plus courageux, le jour N venu. Et, finalement, quand tous l'auront compris et me suivront, ne restera qu'une paix neuve, illuminant la terre libérée.

*

La lumière du lever du jour se faufile entre les saules. Le train avance sur le chemin des collines boisées, vers le village de B. Il n'y a que le paysage, la splendeur du paysage au point du jour. Avant de descendre, je pleure en voyant les tracteurs parmi les sillons, les vieux câbles électriques avec des corbeaux qui attendent que l'aurore finisse par s'imposer. Je pleure aussi en descendant, sans larmes, et ensuite, dans le vieux bar de la rue de MP, environné de travailleurs, d'hommes prêts à tout donner pour ce qu'ils sont, pour ce que leurs pères, et aussi les pères de leurs pères, ont été.

Alors que je suis en chemin, sentant mes pieds s'enfoncer dans la boue glacée, humant l'humidité de la terre fertile, la fumée des lointains feux, sentant l'odeur de l'herbe sèche, de la bouse, je crois savoir que quelque chose dans mon corps est en train de changer. Et que je dois le regarder rapidement, avant qu'il ne disparaisse et qu'il ne me reste d'autre solution que de redevenir ce que je suis. J'ai la sensation d'avoir une petite pierre blanche qui grossit au milieu de mes entrailles, et je comprends qu'elle sera là tout le restant de la journée, pour me tenir compagnie. Je peux presque la voir, écoutant le rythme de mes pas. Une pierre froide, ovale, parfaite, indifférente au monde.

J'ouvre le portail de la grange et je laisse chauffer le tracteur pendant dix minutes avant de l'amener au labour. Je parcours la terre pour le seul plaisir de le faire, pour le bonheur humble d'être là, pour la certitude qu'il y a comme moi des centaines de milliers, des millions d'êtres prêts à donner leur vie quand le jour N arrivera et que l'écho assourdissant de ce qui au début semblera n'être que du vide leur parviendra, grondant, soulevant les champs semés, agitant les branches des arbres, faisant trembler l'herbe.

À 10 h du matin, je descends du tracteur, mange un morceau de pain avec du fromage du pays, et me mets à réparer pendant quatre heures, manuellement, les clôtures endommagées par l'humidité, heureux d'avoir part à ce rituel qui m'aide à me rappeler qui je suis et pourquoi je suis au monde (pour revoir le destin lumineux qui m'attend quand se fera la volonté du vieux pays, quand je me donnerai en entier pour défendre ce que nous sommes, ce qu'était le continent avant l'invasion des lâches [ce qu'il sera de nouveau, bientôt, quand tous les intrus seront retournés dans les cloaques d'où ils n'auraient jamais dû sortir]).

*

La pierre blanche, je m'en rends compte, a disparu. Elle ne brille plus dans mes viscères. Elle se trouve plutôt dans quelque recoin charnu et solide que j'ignore, entre deux os, au-dessus des hanches, mais devant la colonne (dans l'image que tout ceci produit dans ma tête). Fatigué, accompagné par mon caillou, je vais au village, cela se fête que mon corps soit encore en vie sur la terre, fort, prêt à se sacrifier.

Je commande une salade fraîche, un morceau de viande locale, bleue, un soda. De retour à la ferme, je m'enferme dans la vieille grange et me consacre à peaufiner les formes et à perfectionner le mécanisme de mes œuvres, comme d'habitude, mais aujourd'hui, de plus, je fais les trois dernières esquisses du signe (du mien, celui qui rendra tout clair, une fois le dernier jour arrivé). Quand je trouverai la version définitive j'aimerais pouvoir te la montrer, ici, dans la grange, dans la réalité, mais je devrai me satisfaire que tu la regardes depuis l'au-delà. Quand j'arriverai te tenir compagnie, quand s'achèvera le glorieux jour N, nous ne pourrons nous arrêter de rire.

En attendant, encore confus, désarticulé, le premier brouillon.

Les n de notre bonheur :

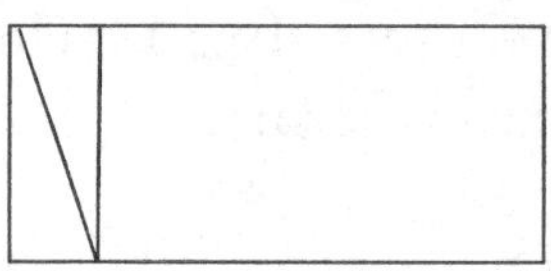

Et un peu excessif, le deuxième :

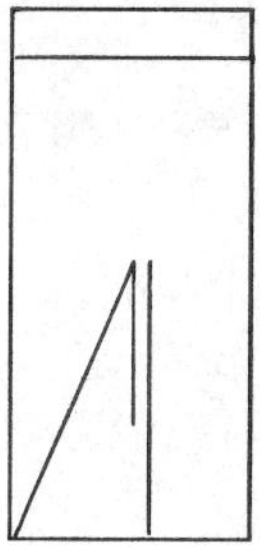

Et le troisième, beaucoup mieux :

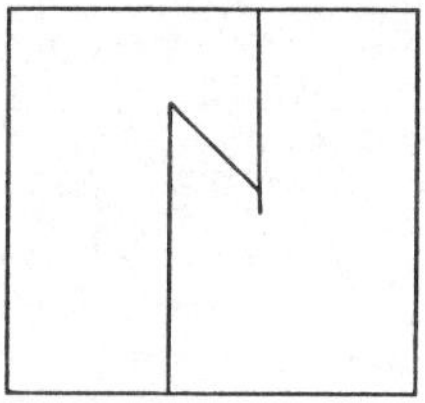

2

Depuis le balcon aux plantes mortes, où elle se trouvait, à travers la vitre propre de la porte, Irina a vu entrer le Corse dans l'appartement. Quand il est allé la saluer, moi aussi je l'ai vu. Je les ai vus tous les deux, souriants, jeunes et beaux, leurs visages agrandis et pixellisés sur mon écran.

Déjà sous le soleil, elle s'est déchaussée très lentement, fumant pour lui, souriant dès le début, pliant les genoux et les serrant avec un bras, froissant ses petits orteils parfaits sur la chaise métallique.

Lui, en échange, lui a montré une dentition plus que blanche, une mâchoire aussi forte et aussi ample que le torse, les gestes méditerranéens, le charme grave de sa voix. Et des yeux vifs, brillants, la regardant de haut en bas et déployant l'offre complète :

Si elle voulait, il pouvait la défendre du monde.

Et peu importe le prix que cela coûterait.

Et en plus ce serait agréable.

Et le plaisir serait si intense que son petit corps ne pourrait presque pas le supporter.

Il l'a fait comme ça, sans crainte ni pudeur, en pleine lumière du jour. Ignorant la présence du frère et du père dans l'appartement, ignorant les fenêtres d'où un curieux comme moi pourrait les voir.

*

Mardi, entre les deux pans du rideau à moitié tiré, j'ai vu avec les jumelles le visage d'Irina qui fumait sur le balcon. Je l'ai trouvée très changée. Elle n'observait plus le dos gris des immeubles, ni les plantes presque mortes, ni le ciel gris suspendu au-dessus de nos têtes. Elle souriait légèrement, ses yeux allaient et venaient comme si elle maintenait une conversation imaginaire, elle tenait la cigarette comme si toute sa vie elle avait fumé.

*

Ils se sont retrouvés jeudi boulevard de D, sur le trottoir face aux salles de cinéma, à la terrasse d'un bar. Je les ai vus depuis l'entrée du cinéma, avec mon masque contre les maladies respiratoires bien ajusté sur le nez et les joues. Ils ont beaucoup ri, se désirant, leurs mains se frôlant. Lorsqu'ils ont fini leur consommation et ont traversé le boulevard pour faire la queue sous la grande affiche d'un film d'horreur, j'ai traversé moi aussi et me suis assis à la terrasse.

Contrairement à mes habitudes et contre toute prudence, pendant les deux heures suivantes, j'ai avalé cinq tasses de café noir et mangé un paquet entier de bonbons. Une fois la séance terminée, ils ont été les derniers à sortir. Ils riaient tous deux très fort, ils se tenaient par la taille, elle reposait sa tête sur son épaule.

En les voyant disparaître dans la lueur du crépuscule, j'ai su ce que je savais depuis le début, mais que j'ai cru découvrir alors : le monde et nos vies dans le monde se trouvaient sur le point de changer pour toujours.

*

Je ne te l'ai pas décrit. Il est grand, brun, musclé, il a les cheveux noirs et les yeux verts. Il est charismatique et a l'air de ne pas craindre la violence. C'est un homme avec qui n'importe quelle femme voudrait être, dans n'importe quelle situation et, pour Irina, là, en cet instant, c'est l'homme idéal.

*

Ça s'est passé à 1 h 37 du matin.

Hier soir.

Les Paraguayens ont débranché les caméras.

D'abord, celle de la chambre d'Irina.

Ensuite, celle de la salle de bain.

Puis aussi les micros : celui de la chambre, celui de la salle de bain, celui du séjour.

Ils savent que quelqu'un les regarde.

Peut-être savent-ils même que le voyeur c'est moi.

Et s'ils savent que j'existe, peut-être sont-ils aussi au courant de mes œuvres artisanales, de la ferme, des préparatifs du jour N.

La vitesse de la panique est plus grande que celle de la pensée. Immédiatement, mon corps est pris de tremblements.

*

Je n'ai pas pu continuer à écrire le journal. J'ai passé neuf jours enfermé chez moi, sans parvenir à penser, sans manger, sans dormir. J'ai cru que jamais plus je ne sortirais dans la rue, et que je crèverais de faim. Ce matin, sans que ma volonté y soit pour rien (comme si j'avais été élu seul bénéficiaire d'un miracle), j'ai pris le risque de me doucher. Je me suis habillé, je me suis fait un peu de riz et mis à manger, et j'ai descendu les escaliers très lentement, prêt au pire.

Dans le hall, avant d'arriver à la porte, j'ai trouvé la moto d'un livreur. J'ai volé son casque et je suis sorti. Les Paraguayens ne m'attendaient pas devant la porte. J'ai acheté, toujours avec le casque sur la tête, des provisions pour deux semaines dans le magasin de la Roumaine, je suis allé à la place du DM pour acheter des comprimés et j'ai retiré cinq cents euros du distributeur automatique. J'ai préparé de quoi changer de vêtements trois fois et, à 23 h, j'ai appelé un taxi qui m'a conduit directement à la ferme.

Maintenant me voici ici, au milieu du silence. Heureux d'être vivant, d'écrire mon journal (ton journal, mon Eva à moi) : heureux de savoir que demain, et le jour d'après et tous les jours qui suivront, aussi longtemps que le corps tiendra le coup, je travaillerai à l'exécution des œuvres qui sauront faire revivre les morts.

*

Les vastes campagnes de la république me rendent la santé. Leurs collines souples, ma terre parfaitement plate, les sillons, les mottes boueuses soulevées par les socs du tracteur, la terre ouverte et prête à recevoir la semence de cette dernière récolte (qui me survivra, qui deviendra le premier repas des nouveaux citoyens).

Je suis parvenu à l'entière maîtrise des techniques ancestrales nécessaires pour pouvoir bâtir la structure interne, pour sceller les moules et poncer le plâtre, pour tout imperméabiliser. Les larmes aux yeux, je pose sur l'établi le premier des anges achevés. Il est parfait, propre, comme celui qu'aurait fait un sculpteur. Il semble vraiment mettre en relation les forces du ciel et celles de la terre, avec son bras vertical, pareil au bras d'un enfant mais aussi décidé et fort que le bras d'un adulte ou d'un fils de dieu.

Exalté par le résultat, je me dis que je ne cesserai de travailler que lorsque les trois anges seront prêts et que la récolte commencera à sortir du sol, lorsque auront été levés tous les doutes sur le signe annonciateur du jour N, qui sera répété jusqu'à l'infini, moi mort.

*

Il ne faut que six jours pour épuiser ma persévérance.

Elle n'est même pas suffisante pour finir le deuxième moule ni pour modifier la géométrie du signe, même si j'essaie de me consoler en me disant qu'au moins la dernière moisson est déjà semée.

Ce qui se passe : je me réveille d'un cauchemar où je vois la route à côté de la ferme. Sur cette route roule, en faisant beaucoup de bruit, une motocyclette conduite par le Corse, qui porte un vieux casque, des lunettes très grandes et rondes, avec une monture en caoutchouc et un cache-nez noir. Irina est assise derrière lui, elle l'enlace et, quand elle me voit, en agitant la main très lentement, avec un grand sourire, elle me dit au revoir, comme si elle savait que tous deux se dirigent vers un monde meilleur et que moi je reste là. Je me dis que je dois répondre à l'adieu, que je dois être courageux, que c'est ce qui est juste et que je ne dois rien faire pour l'empêcher : qu'ils doivent foutre le camp une bonne fois pour toutes, que tout doit enfin prendre fin. Lorsque j'essaie de faire le geste, je me rends compte que je n'ai pas de bras, que je n'ai que des moignons rougeâtres au niveau des épaules.

Je me réveille trempé de sueur, agrippé à la couverture, sur le lit de camp, dans le coin le plus sombre de la grange. Je comprends que six jours ont déjà passé et qu'il est impossible que la police ait tant attendu pour venir m'arrêter. Cela veut dire que le jour N est encore possible (auquel cas, peut-être cette scène parfaite est-elle également possible, cette scène au cours de laquelle Irina descend de la moto du rêve pour s'élancer et enlacer de toutes ses forces ce mutilé qui l'attend, heureux, ouvrant aussi grand qu'il peut les bras qu'il imagine).

*

Ça fait trois jours que je suis revenu à mon appartement et, à travers les jumelles et sur l'écran de ma caméra sur la façade, le quotidien est toujours le même. Le père et le frère cadet se couchent et se lèvent tard, Irina leur prépare le petit déjeuner et le dîner. Le père la regarde et la désire.

Le premier vendredi après mon retour, je mets la perruque noire et suis le jeune frère jusqu'à la ruelle sombre, à proximité de la voie ferrée, celle de l'arrondissement R, où il s'arrête devant le bâtiment jaune. L'obscurité absolue de la fin de la nuit me sert de cache. C'est la même routine que la première fois, avec cette différence que lorsque le portable sonne, il n'y a aucune main qui sort par la fenêtre. Seulement deux sonneries, un interrupteur manipulé depuis l'intérieur de la maison ouvre ensuite la grande porte de la rue, et le frère d'Irina entre.

Pendant plus d'une demi-heure, rien ne transparaît de ce qu'il se passe dans le bâtiment. Une gargote ouvre à un demi-pâté de maisons, à côté des vitrines murées de ce qui a été une boutique de vêtements et une boulangerie. On y vend des sandwichs, un café dégueulasse et des pâtisseries pour les ouvriers qui partent à cette heure au travail. Quand je rentre dans le local, l'odeur d'haleine cariée et de vieux mégots manque me faire vomir. Tandis que je bois de l'eau minérale et que je mange une barre chocolatée, le lieu se remplit d'ouvriers blancs et pauvres. Les regards qu'ils me jettent sont hostiles (je n'appartiens pas à leur classe sociale, je n'ai pas leur force ni leur capacité de sacrifice, et il est encore impossible qu'ils puissent voir dans mon regard le monde nouveau et parfaitement propre que je suis sur le point de leur donner).

Je me concentre sur ma fenêtre, sur la grande porte du bâtiment jaune. Trente-cinq minutes se sont écoulées quand la porte s'ouvre. Et c'est en riant que sortent le Corse et le frère d'Irina. Ils traversent la rue, je crois qu'ils se dirigent vers la gargote et je sens ma gorge se serrer. Ils se trouvent à quelques mètres de l'entrée du local quand le Corse presse la touche d'une clé de voiture et ouvre un véhicule flambant neuf, aux vitres polarisées et aux pneus plus larges que la moyenne. Ils y montent et s'en vont.

C'est le Corse qui donne la marchandise aux Paraguayens. C'est leur fournisseur, le maillon supérieur dans la chaîne du pouvoir. Il sera difficile de faire entendre à Irina que le paradis que cet homme lui offre n'existe pas. La discipline et la ténacité sont mes seules qualités, elles devront devenir indestructibles si je veux qu'elle me connaisse et qu'elle m'aime avant la fin des temps.

*

Je deviens un habitué de la gargote infecte.

Le tenancier, un type âgé, avec l'air d'avoir tout enduré, se retient visiblement de me demander qui je suis. Il doit croire que je fais dans le commerce de la drogue, ou que je suis flic, ou un gars désœuvré plein de fric. Aujourd'hui, le Corse retrouve le cadet des frères d'Irina et tous deux prennent le métro puis un train de banlieue jusqu'à la très célèbre ZUS. Je n'y étais jamais allé, mais elle est pareille à ce que montrent les informations. Un quartier de tours comme des tablettes de chocolat blanc, réparties symétriquement, s'étalant entre des parkings vides à perte de vue (jusqu'à ce qui, depuis ces lieux, semble être l'infini). Des tours de chocolat blanc mal construites il y a plus de trente ans, qui tombent maintenant en morceaux, sous mes yeux. Infestées de types basanés, noirs et jaunes qui paraissent avoir leurs propres commerces, leurs propres services de sécurité et sûrement aussi leurs propres armes.

La gare ferroviaire est enterrée, je ne peux émerger à la surface que quelques minutes, comme une taupe apeurée, avant de revenir me planter dans le coin qui fait face au guichet blindé, avec son employé (qui a l'air aussi soulagé que moi de voir un citoyen au beau milieu de cette jungle). Avant de replonger je réussis à voir comment le Corse et le plus jeune frère d'Irina entrent dans l'une des tours, qui comporte plusieurs étages murés, comment ils en ressortent, chacun avec un sachet en plastique, comme s'ils étaient partis faire des courses pour manger. C'est là que le Corse récupère la cocaïne que les Paraguayens et certainement d'autres parasites d'autres zones de la ville se chargent de vendre. Je n'attends pas qu'ils reviennent. Lorsque j'entends le train entrer en gare, je descends en courant, me fraie un passage entre les corps d'au moins vingt noirâtres qui sortent, et saute dans l'unique wagon vide.

*

C'est dimanche, de nouveau, et il n'en reste plus beaucoup.

Les mots sauvés du journal d'aujourd'hui sont :

Forêt.

Bourreau.

Soleil.

Je les mets dans le bocal, je les oublie.

*

Pas besoin de suivre Irina et le Corse. Le détail de la drague ne m'intéresse pas, de toute façon le résultat sera le même. Ils cheminent sûrement dans un parc, regardent la télé, boivent de la bière, voient des comédies au ciné. Irina, sûrement, petite et douce, légère à côté de cette masse, sourit comme si désormais nous autres n'existions plus. Irina n'est pas une novice. Je l'imagine au lit avec le Corse. Je peux jurer qu'avant de le rencontrer elle a déjà connu le sexe vaginal et oral, peut-être plusieurs fois. Je peux savoir aussi, c'est parfaitement évident, qu'elle ne jouira jamais autant qu'avec ce délinquant baraqué et fervent, entièrement nu, prêt à satisfaire le moindre de ses désirs.

Je ne peux pas cesser de voir, encore et encore, mélangée aux nombreuses heures d'insomnie, la séquence de ce qui a déjà eu lieu. La joue enfouie dans l'oreiller, son cou trempé de sueur, les yeux fermés et les mâchoires serrées, le dos cambré comme une chatte tandis que le Corse, tout en muscles, agrippe avec ses énormes mains cette taille si étroite et pénètre le corps et relève la tête et pousse un cri sourd. Je ne les vois pas (je ne peux plus rien voir, la famille d'Irina m'a rendu aveugle), mais j'en suis certain. Le Corse l'éperonnant, les muscles, les tendons, les ligaments, toute cette force concentrée dessous, en avant, qui fait se balancer son corps à elle, très mince, ployé, et s'ensevelir son front dans les oreillers si blancs. Je n'entends pas les feulements, je ne les imagine même pas. Je les imagine dévorés par ses rugissements à lui, terribles, affamés, volant l'âme de ma pauvre petite fille et ne lui laissant en échange que du vide.

*

Ce n'est pas de ma faute.

Je te le jure.

Je n'ai rien eu à voir avec ça.

On a mis en prison le Corse hier soir.

C'est la Roumaine de l'épicerie qui me l'a dit, sans que je lui aie rien demandé : Irina n'est plus seule, Irina a un petit ami, et le petit ami on l'a mis en prison.

*

Je ne peux pas la voir, mais je sais qu'elle est brisée. Elle ne me connaît pas encore et peut-être qu'elle ne me connaîtra jamais et c'est pourquoi elle croit que cet amour soumis, dévoué, suicidaire, est le meilleur des amours possibles. Ce matin, elle est allée lui rendre visite à la prison de LS, où il est en détention en attendant d'être jugé. Elle est restée debout une demi-heure, au milieu d'une queue de femmes, dans la rue, endurant ce vent froid et les regards de ceux qui arrêtent leur voiture aux feux de circulation. Lorsque son tour arrive, les gardiens prennent ses papiers, les examinent et lui disent de quitter la queue. Je suis trop loin pour pouvoir les entendre, pour savoir ce qu'il se passe. Irina proteste, gesticule, crie. Ça ne sert à rien.

*

Une semaine s'est écoulée et aujourd'hui Irina retourne à la file d'attente de la prison. Elle n'arrive à rien. Le Corse ne veut pas la voir. Il ne l'a jamais aimée, ou il est marié, ou il ne veut pas la faire souffrir. Si Irina réussit à survivre, elle sera enfin préparée à recevoir les bonnes nouvelles que je suis prêt à lui remettre.

*

Elle n'est pas sortie de chez elle depuis cinq jours et je ne peux pas la voir.

Elle survivra.

Elle sortira.

Je dois seulement attendre et me concentrer pour ne pas perdre de nouveau la raison.

*

Je suis allé aujourd'hui régler des formalités pour ma ferme et c'est une Arabe, avec ses mains gribouillées de henné, qui m'a reçu. Elle m'a fait un sourire apitoyé, comme si être agriculteur méritait sa compassion. Elle m'a aidé à compléter les formulaires et a court-circuité la file d'attente pour me conduire directement au bon guichet. Très certainement la mention de la campagne lui a remis en mémoire les chèvres puantes et les enfants faméliques de son désert natal (et les hommes analphabètes qui depuis des siècles s'entêtent à tirer de quoi manger de ce désert).

*

Aujourd'hui, enfin, je l'ai vue sur le balcon. Elle n'a pas fumé, n'a pas jeté de regard sur le ciel ni sur les façades. Elle a baissé la tête, s'est concentrée sur le sol et s'est balancée d'avant en arrière, ses bras autour d'elle, comme si c'était une autiste et qu'elle avait très froid, comme la jeune veuve qu'elle est.

*

Ce matin elle est sortie de nouveau dans la rue. Dix jours après s'être enfermée. Elle a marché jusqu'au parc de DBC et l'a parcouru très lentement, comme une personne ivre, regardant fixement devant, même si son corps ne répondait pas tout à fait, sursautant parfois au craquement d'une branche sous ses pieds ou au chant d'un oiseau. Comme si le fantôme du Corse était sur le point de se matérialiser, comme si le Corse réel, qui, il y a à peine deux semaines, l'avait conduite par la main sur ce sentier en fleurs, se tapissait à présent derrière les haies, la raison égarée ou transformé en un monstre avide de sang. Au bout de deux heures d'une déambulation sans but, elle s'est enfin assise. Elle a regardé très lentement les chaussures et les mains et les jambes, puis elle a levé les yeux vers ce ciel gris, sans nuages, qui lui non plus n'a rien su lui expliquer.

*

Elle apparaît et disparaît dans la salle de séjour. Elle regarde la télévision à n'importe quelle heure du jour ou de la nuit. N'importe quoi. Des talk-shows où un faux médecin donne des conseils. Des talk-shows sur la politique française qu'elle ne comprend pas. Des séries latino-américaines. Des documentaires sur des gangs. Des films des années 1980. Des concours de skills challenge. Tous les matins, elle accomplit sans faute la tâche d'alimenter son frère et son père. Ils sont ce qu'ils sont, ils lui ont fait ce qu'ils lui ont fait, mais ils sont tout ce qui lui reste.

*

Un chat marche sur le rebord de sa fenêtre. Elle s'en approche très doucement. Le chat la voit et au lieu de battre en retraite reste là, s'assoit, l'attend. Elle ouvre la fenêtre, regagne le canapé, presque en souriant. Plissant les yeux, plissant un peu le nez et la bouche, sans cesser de le fixer, reposant la tête sur son coude plié, comme si c'était elle le chat, Irina attend.

Elle passe comme ça une demi-heure, entièrement immobile, jusqu'à ce que le chat abandonne sa peur, pénètre très lentement dans la pièce et aille s'asseoir à côté de son corps, sur l'accoudoir du fauteuil branlant. Ils restent tous les deux là, s'accompagnant en silence, se lançant des regards de temps à autre, jusqu'à l'heure du déjeuner.

À 13 h, Irina se met debout d'un bond, comme une adolescente. Sans se soucier du caractère exagéré de ses mouvements, de son sourire qui à présent est trop tendu, comme celui d'une folle, elle va dans la cuisine et ouvre deux boîtes de thon, l'une pour le chat et l'autre pour elle. Elle accompagne la sienne de pain grillé rassis et d'un demi-litre de Coca-Cola, pendant que le chat mange sa boîte dans un coin.

L'animal dort un peu plus d'une heure. Lorsqu'il se réveille, il s'étire, s'approche d'Irina endormie et la chatouille dans le cou avec son museau. Sans ouvrir les yeux complètement, sans le papouiller (elle sait que c'est un chat et non un chien), elle se lève, va jusqu'à la fenêtre, l'ouvre et attend qu'il sorte.

*

Bien que le champ n'ait besoin désormais que d'eau et de soleil, je continue d'aller à la ferme trois fois par semaine. Pour que les paysans me voient, mais aussi pour désherber chaque recoin et changer les piquets de bois du chemin qui mène de la route à la grange, pour poncer et polir le bois des murs, pour changer les tuiles et aplanir le sol de terre battue. Pour respirer. Pour laisser la campagne de la république me nourrir et me transmettre tout ce calme, tout cet ordre parfait (celui d'une terre qui depuis cinq mille ans reçoit les attentions nécessaires pour alimenter les citoyens honnêtes qui la travaillent). Je passe aussi la moitié de chaque journée à parachever mes pièces artisanales. Plâtre, imperméabilisant, structures métalliques, circuits. Je n'ai pas besoin de te l'expliquer. Et enfin, toujours une demi-heure avant mon retour, je fais des esquisses de l'image qui définira les temps à venir, quand moi je ne serai plus.

*

Je reviens du marché. La livre de sel a augmenté de dix centimes d'euro, celle de riz, de vingt. J'imagine ce qui m'attend avant le jour N. Cinq semaines de travail, de concentration, de dévotion et de foi. Ensuite, avec la même grâce naturelle qu'au commencement, avec le même soulagement indifférent de l'inanimé, tout cela prendra fin.

C'est ce à quoi je pense, lorsque je tourne à gauche au coin de J et de L, et que je la vois. Elle est seule, à moins de vingt mètres, à la terrasse du café F. Elle prend une bière et sourit en regardant la lumière du soleil qui brille entre les faîtes des arbres chétifs, de l'autre côté de la rue de V. Ce n'est qu'une enfant (elle est beaucoup plus enfant vue comme ça, de près, dans la rue bien éclairée). Elle l'est malgré le maquillage, les trois boucles en faux or à l'oreille, le chemisier qui presse ses seins sous la veste ouverte, malgré la jambe repliée sous le cul et la cigarette qui semble trop longue à la main gauche.

Je vois tout ça en moins d'une seconde, le temps que me laisse ma tête avant de sentir la ruée de la panique et de me rendre compte qu'il n'y a pas de marche arrière, que j'attirerais davantage l'attention en m'arrêtant brusquement et faisant demi-tour, ou en traversant la rue sans attendre le feu vert piéton. Je sens que mes jambes perdent leur force et je titube presque en faisant les premiers pas en direction de l'étroit passage qu'il y a entre le bord du trottoir et la table à laquelle elle est assise, prenant le soleil comme si c'était une femme.

Lorsque je suis devant son corps et que je sens un tremblement, certainement visible, à la base du crâne, je ne peux pas me contrôler et je lève les yeux pour la voir. Elle est en train de me regarder avec un mélange de curiosité et de peine. C'est alors que, malgré moi, ma bouche lui sourit, et je dois serrer très fort les mâchoires pour ne pas prendre la fuite quand son regard change et, en un millième de seconde, passe de la pitié à un intérêt joueur, à l'intérêt joueur des chats, qui là me semble si proche du désir sexuel d'une femme adulte. Comme je peux, je baisse les yeux et accélère mon pas.

*

De nouveau elle est assise à la petite table du bar. Comme si elle n'avait rien d'autre à faire. Tout à fait elle, aujourd'hui encore : son survêtement gris avec des liserés verticaux dorés, ses colliers en or, ses tennis très blancs et le maquillage et les bagues et la cigarette qu'elle fume comme elle croit que le font les femmes. Elle me regarde de haut en bas et je décide de ne pas la saluer, mais c'est pire. Elle s'est aperçue que je suis terrorisé, je sens sur mon dos son regard qui continue à me suivre alors que je m'éloigne. C'est impossible qu'une jeune femme comme elle, en pleine période de reproduction et comblée de tous les dons possibles (la beauté et l'intelligence, mais aussi l'absence de restrictions morales qui font une vie sexuellement épanouie) fasse attention à quelqu'un comme moi. Et cependant, oui, on dirait que c'est vraiment moi qu'elle regarde lorsque le lendemain je passe à la même heure devant sa chaise et que je réussis à la saluer d'un regard minutieusement répété, un regard mi-cordial, mi-condescendant, comme si je ne pouvais rien voir d'autre en elle qu'une adolescente paumée arrivée d'on ne sait quel pays boueux, piégée dans cette ville qui n'est pas faite pour elle (comme si je ne voyais pas sa bouche, son jeune cou, ses clavicules, les seins que je connais déjà, plus bas, et le nombril, et ensuite le petit animal tapi entre ses jambes). Je continue mon chemin et pourtant je sais que la comédie n'est plus tenable, je sais que passer par là est un risque trop grand. Une chose est d'être obsédé par une immigrée très belle que personne ne semble aimer et une autre, très différente, est de m'exposer à être humilié par toute sa jeunesse et son arrogance, mettant ainsi en danger non seulement ma raison mais le destin du monde entier.

*

Pour fuir sa présence j'ai pris le chemin le plus long pour la pharmacie. J'ai méticuleusement évité les chiens et les enfants, les couples qui s'embrassent, les vieux qui pourrissent, les immigrés qui ne sont là, derrière toute chose, qu'en tant que décor brunâtre meilleur marché que tout le reste. Alors je ne fixe que le sol et je marche sans m'arrêter, priant pour que mon champ de vision bute sur une chaise du parc. Mais ce qui arrive, en fait, au milieu de ce soleil qui ne cache rien, c'est que mes yeux effrayés butent sur ses pieds.

Ça n'est pas possible mais ça l'est pourtant, ici, ça arrive, si loin de son immeuble et de ma fenêtre. Elle est assise sur un banc en bois sur le côté de l'allée de gravier, et quand je me rends compte que c'est elle il est déjà trop tard parce que ses yeux sont là à me regarder de haut en bas, me méprisant mais me lançant aussi un défi que je ne pourrai que relever. Je lui souris de la manière la plus neutre possible mais elle sait que je mens. Dans ma tête quelque chose meurt d'envie de tout détruire, tout ce que j'ai construit, de mettre le feu pour que mon corps puisse mourir entre ses bras.

Elle a l'air de bien me connaître parce que ce qu'elle fait, c'est me dire bonjour à voix haute, et ensuite poser sa main sur le bois du banc et le tapoter trois fois, comme si elle disait à l'animal de compagnie en quoi je me transforme de venir se coucher à côté d'elle, qu'il lèche sa main, qu'il pose sa mâchoire sur son flanc. Il n'y a rien d'autre dans le monde et en m'arrêtant, avec le cœur douloureux dans la poitrine, je comprends que cette femme a été envoyée pour me mettre à l'épreuve. Qu'elle est là pour essayer de me faire oublier ce qui est important, mes pièces artisanales, le glorieux destin de la patrie : pour que je tremble comme je tremble en imaginant sa peau, son odeur, le poids de sa main sur ma tête, ses bras s'ouvrant, m'enlaçant comme personne ne m'a enlacé.

Je ne peux rien faire d'autre que m'arrêter, rire, faire trois pas tremblants jusqu'à me trouver devant ses genoux. Je m'assois et son odeur est bien meilleure que je ne l'imaginais : elle sent un parfum musqué et bon marché qui ne réussit pas à masquer entièrement toutes les autres odeurs, celles de son adolescence, celles de ses vêtements toujours neufs, celles de sa solitude. Je la sens et elle sait que je la sens, ensuite nous restons silencieux trop longtemps. J'étouffe, j'ai l'impression d'être sur le point d'être dévoré. C'est alors qu'elle tourne sa petite tête et attend que je tourne la mienne et comme ça, sans la moindre retenue, ses yeux explorent mes traits, puisque je suis l'unique exemplaire d'une espèce que jamais auparavant elle n'a vue (l'espèce des types solitaires, des résolus, des martyrs, c'est tout ça que je veux penser, mais je sais qu'elle ne voit qu'un Blanc voûté et chétif et en sueur, au bord de la crise de panique).

Je me remets à regarder en face de moi, cherchant à cacher la peur, jusqu'à ce que, ennuyée, elle sorte une de ses cigarettes extra-longues et l'allume. Pour s'amuser, parce qu'elle en a envie, elle me demande où j'habite et je lui donne un autre nom de rue, dans un autre arrondissement, et elle me demande encore si je me suis rendu compte que nous nous croisions presque tous les jours par hasard et je lui dis que non, ensuite elle reste silencieuse de nouveau puis me dit qu'elle ne comprend pas comment quelqu'un comme moi est toujours tout seul. Et, à la manière qu'elle a de prononcer le mot *toujours*, je sais qu'elle sait que je ne suis pas seul uniquement lorsque je la vois, mais chaque minute de chaque jour de chaque année, la vie entière qui m'est échue sur cette terre.

Je décide que je vais me mettre à courir mais mes genoux sont douloureux et, avant que je ne rassemble des forces pour m'élancer, elle me touche l'épaule avec son index, je me retourne pour la regarder, elle part d'un petit rire sonore et me dit qu'elle ne mord pas (et je ne peux plus rien penser de plus).

*

Je ne sais pas si c'est arrivé hier ou avant-hier, et ça n'a plus d'importance. Irina s'est levée du banc, sur le même gazon des jardins DE, et moi je suis resté assis et elle m'a regardé à contre-jour depuis une hauteur qui m'a semblé angélique, me laissant de plus apercevoir la fine séparation entre ses deux dents supérieures, enveloppées par ces lèvres de fauve basané. Ensuite elle a tendu une petite main légère et froide, attendant que la mienne (lourde, chaude, toujours rouge) la serre, pour pouvoir nous éloigner comme ça du monde et de ses souffrances, ensemble, sur le sentier.

*

Elle n'a pas exigé de moi que je renie la pureté de la république ni la sainteté de ma famille morte. Elle m'a seulement entraîné jusqu'au café (le F, toujours le même café, toujours la même table), a commandé des cappuccinos pour tous les deux et ensuite elle m'a soumis à un interrogatoire complet auquel j'ai répondu par des mensonges d'une cohérence suffisante pour construire une vie qui a l'air plausible pour elle et pour moi-même. Moi, par contre, je n'ai rien voulu lui demander, parce que d'elle je sais presque tout et que je ne veux pas m'émouvoir en sachant qu'elle ne me ment pas ni m'indigner en sachant qu'elle le fait. Lorsqu'elle finit de me poser des questions et que je finis de répondre, elle demande l'addition, nous payons chacun notre part, et elle me demande de l'accompagner jusqu'à la porte de son appartement, comme si réellement je pouvais, moi, la protéger de l'un des dangers qui sont à l'affût parmi les ombres.

*

Je l'ai vue trois fois de plus. Je ne me suis pas arrêté pour la saluer, parce que j'ai l'intuition que l'indifférence peut me servir pour la rapprocher de moi davantage (ou, en tout cas, pour conserver le peu de dignité qu'il me reste). La quatrième fois a eu lieu aujourd'hui, dans une allée de l'épicerie. Moi chargé d'une laitue, d'une conserve de maïs et d'un sachet de pain complet en promotion. Elle d'un paquet de saucisses et d'une bouteille de rhum bon marché. Nous avons failli nous heurter et j'ai senti, ou j'ai cru sentir la tiédeur de sa peau frôlant la mienne, la douce légèreté de son haleine.

Nous n'avons fait que regarder ce que l'autre avait entre les mains, comme si ça disait quelque chose de plus sur ce que nous sommes, et ensuite nous nous sommes salués maladroitement, en même temps que j'essayais de passer à côté d'elle, et j'ai fini par frôler sa main droite, qui a laissé tomber le paquet de saucisses. Nous nous sommes baissés tous les deux. Elle en riant fort et moi en tremblant de peur. Elle a atteint les saucisses en premier, s'est redressée et, depuis les hauteurs, complètement droite alors que j'étais encore incliné devant elle, encore une fois jouissant de ce jeu cruel, elle m'a dit ça : *Ça te dit d'aller au ciné ?* Et comme je n'ai pas pu lui répondre elle a posé sa petite main froide et légère sur ma tête et m'a demandé de la laisser passer.

J'ai dû m'appuyer sur le rayon des conserves pour ne pas m'écrouler, et c'est juste à ce moment-là qu'une énergie nouvelle, très supérieure à ma force de volonté, a pris possession de mon corps. L'énergie du désir, oui, mais aussi l'énergie, beaucoup plus douce, de l'autodestruction. Au lieu de fuir, je suis resté complètement immobile. Et j'ai regardé, avec tout le calme nécessaire, sans cacher que je regardais, son cul mignon, enserré dans un jean très ajusté, qui s'éloignait au rythme de ses très longues jambes, de la plante des pieds qui prenaient appui sur le sol et le quittaient, comme un appel.

Lorsque je suis arrivé à la caisse je n'ai pas eu à improviser : elle savait déjà qu'elle pouvait faire ce qu'elle voulait de moi, et elle n'a fait que demander un stylo à la Roumaine, écrire sur un prospectus de surgelés son numéro de portable, me dire *huit heures, devant l'entrée du théâtre BB* et s'éloigner en direction de la lumière sans attendre ma réponse.

*

Je prends vingt milligrammes de Ritaline et un milligramme de Xanax pour rester réveillé mais apaisé pendant notre rencontre. Elle arrive en retard, comme tous les immigrés. Je l'attends devant les grandes portes du théâtre ouvert, je porte mon unique chemise (elle sent la naphtaline, elle est trop petite pour moi) et les dernières chaussures de papa. Elle porte les mêmes vêtements que le matin et, en me regardant, dans le mépris de sa petite bouche apparaît quelque chose qui ressemble à de la compassion : une compassion attendrissante, accueillante, qui peut parfaitement se muer en amour (voilà ce que pense ma tête à mon insu, pendant un instant que j'oublie immédiatement et qui ne me revient que maintenant).

Elle ne parle pas. Elle s'arrête devant moi, très près (ce n'est qu'alors que je remarque qu'elle est aussi grande que moi), j'ai le temps de sentir de nouveau son parfum douceâtre, elle m'arrange le col de la chemise même s'il est parfaitement droit et ensuite me prend l'avant-bras comme si nous étions un couple de vieux au lieu de ce citoyen prématurément faible et de cette beauté sud-américaine hypersexuée, me traîne jusqu'à la boutique de la salle et m'achète du pop-corn et les entrées, sans s'attendre à ce que je la rembourse, me conduit comme ça jusqu'à deux sièges placés face à l'écran, au milieu de la cinquième rangée.

Alors que nous nous asseyons je crois sentir quelque chose sous le parfum, l'odeur de lessive et d'adoucissant et la crème hydratante qu'elle se passe sur la peau. Quelque chose qui est plus à l'intérieur, dans les plis de sa peau, entre ses jambes ou plus en dedans encore, dans sa chair, dans ses viscères. J'imagine tout, bien sûr, il est impossible que cette odeur me parvienne (et si elle me parvenait, je serais incapable de l'identifier), mais il est trop tard pour distraire son attention parce qu'elle sait déjà que je la désire comme ça, comme un reclus, comme un violeur, comme le vieux désespéré que je suis (quelqu'un qui n'a jamais senti ni goûté rien de tout ça, mais qui a passé toute sa vie à l'imaginer et qui maintenant croit l'avoir trouvé dans son corps).

Le film est très mauvais. Les spectateurs, déplorablement élevés par des films et des livres pires encore, tous victimes d'un système éducatif en ruine, s'esclaffent bruyamment, mâchent des sucreries la bouche grande ouverte. Ce sera cette racaille la première à être sauvée par la grâce du héros tragique, quand le jour de la libération arrivera. En attendant qu'ils se rachètent, qu'arrive le temps de leur rééducation, il n'y a rien d'autre à faire que de leur accorder, à eux aussi, une liberté qu'ils n'ont pas gagnée, qu'ils ne valorisent pas, dont ils jouissent uniquement grâce aux qualités de leurs aïeux.

Alors que la séance a commencé depuis quelques petites minutes, Irina pose une de ses mains sur mon genou, et j'ai la preuve qu'elle pèse réellement très peu. Ses doigts sont aussi froids que le corps d'un chat pas tout à fait mort, un chat qui peut s'éveiller de nouveau à n'importe quel moment et, comme ça, chaton moribond, léger tremblement qui ne peut qu'être réel, ils se déplacent selon un mouvement ascendant, de mon genou le long de ma cuisse, et s'arrêtent très près de mon entrejambe. Alors, comme j'ai toujours imaginé que le font les couples au cinéma, elle appuie sa tête sur mon épaule et je peux aspirer l'odeur de sa chevelure, et je perçois que je me transforme en un autre, malgré moi, en quelque chose de pareil au loup-garou des livres, et je sens que je peux, là, ici même, rejeter sa tête en arrière, lui briser la nuque et dévorer toute sa chair, comme ça, crue, à grandes morsures, et boire aussi d'un seul trait tout le sang de son jeune corps.

Maîtrisant cette envie de déchaîner toute cette fureur que sa peau veut provoquer dans ma poitrine, je soulève ma main tremblante aussi, mais forte, lourde, hérissée de veines, jusqu'à la poser sur la sienne (et alors ma main est prête à perdre le contrôle et à serrer la sienne au point de la broyer). Je tiens comme ça tout le film, tendu, ne sachant s'il faut que je crie ou si je dois obéir aux hallucinations et la toucher, toucher son con et ensuite l'embrasser jusqu'à l'étouffer. Quand enfin les lumières se rallument, elle retire ma main, relève la tête, me pince une oreille entre l'index et le pouce, se met debout et s'avance dans la travée des fauteuils, consciente que je regarde son mignon petit cul en mouvement.

Tandis que je la vois s'éloigner je songe qu'elle n'a eu besoin que de trois heures pour me transformer en ce que je crois que je suis. Un homme sur le point de s'anéantir dans les flammes du désir pour son corps. Son violeur platonique, prêt à employer le temps qu'il lui reste avant la descente aux enfers à tuer pour elle, mais aussi à la tuer, si c'est ce qu'elle me demande : le seul homme avec la fureur suffisante pour briser ses os, pour dévorer sa chair, pour aspirer ces yeux reconnaissants jusqu'à ne laisser que des orbites vides.

*

J'ai tout fait foirer et tu n'es peut-être plus là-bas, de l'autre côté, à m'écouter. Peut-être en as-tu eu assez de mon délire et t'en es-tu allée (et tu auras bien fait). Les mots du corps (de la haine, du désir, de la faim) ont désormais pris le contrôle de mon esprit et s'apprêtent à lancer prématurément mon corps dans le vide, et ces mots ne s'en iront jamais, même pas quand je serai un cadavre raide et que de moi ne subsisteront que ces pages.

À rien n'auront servi ces scarifications, ces écorchures, le jeûne. À rien, les coups et le silence auto-infligés, le froid humiliant, la nudité forcée.

J'ai perdu d'avance, il a suffi de trois heures et demie pour me mettre à genoux. Avant que je ne m'en aperçoive, je m'étais laissé envahir par cette nécessité sauvage, irrépressible, de me repaître tout entier de son corps, ce corps arrivé du tropique pour m'empoisonner.

*

Elle n'a eu besoin que de trois jours de plus pour m'amener dans son appartement.

Elle m'a fait entrer en me tenant la main et, en la voyant s'avancer dans la pénombre de ce couloir que je connais bien, je comprends qu'elle est en train de jouer un rôle. Elle joue pour elle-même, pas pour moi, me démontrant avec cet acte que c'est une adulte, qu'elle est maîtresse de son destin et que le sacrifice de son corps peut la sauver de cette misère d'être où elle est.

Le volume très élevé d'une télévision allumée retentit, son frère la salue de l'autre côté d'une porte fermée. C'est vrai. Je suis dedans, je suis dans la maison de poupée habitée et les murs et les meubles et les loups sont réels. Elle me fait entrer dans sa chambre, elle ferme et toujours en me menant par la main me fait asseoir sur le lit. Elle ne parle pas, elle n'attend pas. Comme dans un spectacle pornographique, elle met une musique insupportable, faussement érotique et électronique, une musique de Nègres, une confusion qui trouble la pensée et elle, suivant ce rythme répugnant, elle danse devant moi en se défaisant de ses vêtements. Elle le fait très lentement. Ça me permet de me concentrer sur ses petits seins durs, sur son nombril où brille un faux diamant, sur ses cuisses fermes, sur ses jambes légèrement écartées. Tout ça, tiède et réel, à quelques centimètres de mes mains, ne parvient pas à m'exciter, même pas un peu.

Elle semble le comprendre juste à temps. Elle s'arrête et dans la crispation de sa mâchoire je peux voir qu'elle le sait. Elle ne doit pas enlever sa culotte. Nous ne nous connaissons pas. J'ai pitié d'elle. Je ne désire pas son corps (pas comme ça, pas comme une actrice de mauvais film érotique, se déshabillant comme une professionnelle, incarnant la triste farce du désir pornographique). Ce n'est pas seulement honteux, c'est humiliant, d'être là, à moitié nue et le visage déformé par les grimaces de la passion simulée, m'offrant sa jeune chair.

Je ne la regarde pas dans les yeux. Je ne peux pas. Avec un sourire que je ne crois pas trop affecté, avec mon attention concentrée sur le doux renflement de peau entre son nombril et ses petits seins, je ne peux rien faire d'autre que me tenir très raide et silencieux, jusqu'à ce qu'Irina me tourne le dos, certainement pour toujours, ouvre la porte et entre dans la lumière très blanche de la salle de bain du couloir.

*

Les jambes légèrement écartées d'Irina debout.

L'écart entre ses cuisses, qui expire sur la soie tendue d'une culotte qui cache ça, sombre et humide, plus haut.

Pendant onze jours, il n'y a que les objets de l'appartement.

Les mêmes objets que d'habitude, réels, parfaits, froids, durs, et je m'agrippe à eux désespérément pour ne pas continuer à tomber. Les danseuses en porcelaine, le mixeur très vieux, parfait, la table de nuit en bois, lourde et sombre, un transformateur électrique qui n'est plus utile. Les raccords entre le plancher et le mur de couleur crème, la bordure impeccable, la peinture qui recouvre une fissure, la poussière prise dans la peinture.

Quand les eaux troubles de la panique et de la faute et du désir montent et refluent, seuls les objets sont capables d'éviter que je sombre. Malgré le soleil dehors, le monde entier n'est qu'une unique tourmente, eau et bourrasques grises, impossibles, menaçant de tout emporter. Lorsqu'il est devenu impossible de ne pas le faire, j'endosse la gabardine, j'enfile des chaussettes et des chaussures, je me couvre la tête d'un chapeau, j'ajuste des lunettes noires, trop grandes, et je sors affronter la tempête.

On dirait que le ciel continue à être bleu et que l'air est propre et froid, mais le cyclone déchaîné par la panique s'accroît, redouble de violence et ne me fait pas grâce. Je réussis à avancer avec peine, avec tout le corps penché en avant, luttant contre ce vent imaginaire (sans un regard pour les visages des autres, des épiciers, des voisins, des Nègres, des Arabes, pour ces yeux qui me cherchent et me trouvent, qui me font me percevoir du dehors, dans tout mon ridicule, accoutré comme ça malgré le soleil, tremblant comme un fou excentrique).

De quoi manger, des médicaments, de l'eau, du savon. Vacillant, trébuchant, sans faire attention aux prix, sans affronter le regard de la Roumaine. Et, retour de la tempête, épuisé et hagard, sans une sœur qui m'écoute de l'au-delà ni une maman qui m'accueille sur son sein, mais protégé dans la lumière artificielle de l'appartement, c'est de nouveau la certitude des objets qui parvient à me sauver. Leurs contours, séparant la solidité de l'air.

*

Je passe des jours entiers étendu à même le sol, pour éviter le vertige.

Je réussis parfois à tituber d'une pièce à l'autre comme un ivrogne, m'appuyant contre les murs, croyant que l'ouragan pourrait les arracher, me reposant contre un meuble, finissant toujours allongé, croyant que ce vent qui n'existe pas pourrait me jeter à travers une fenêtre. Je suis étendu au milieu de la cuisine, les yeux fermés, quand, venue de nulle part, sans aucun symptôme préalable, au cinquième jour apparaît enfin la clarté. La certitude absolue d'être sur le point de surmonter la dernière des épreuves. Lorsque je le comprends, je sens qu'il reste un peu de chaleur à mon corps et, en même temps, je crois que le vent a commencé à tomber. Dans la rue, il y a de nouveau du soleil et des enfants jouent, et enfin je crois qu'il y a une raison à toute cette douleur. Cette expérience, la dernière à laquelle je serai soumis, m'a été imposée pour mettre à l'épreuve ma détermination, pour mesurer ma force contre la tourmente et me permettre comme ça de lui démontrer (au monde, à moi-même) que je suis toujours vivant et que je suis digne du martyre.

*

Je mange et je bois. J'écarte les rideaux et j'ouvre les fenêtres. J'évite de me regarder dans les miroirs. Je réussis à ne pas imaginer ma propre voix, avant d'aller dormir.

*

Les retrouvailles, il ne peut pas en aller autrement, se déroulent dans le lit.

On a sonné à 21 h et je n'ai pas tremblé en me dirigeant vers la porte, en la voyant à travers le judas, et j'ai senti que quelque chose s'éveillait dans mon entrejambe. J'ai su ce qui allait suivre. Mon corps, parfaitement préparé à faire son devoir. Le sien, nu, jeune, plein de vie. Son con comme un petit animal réveillé, de nouveau à ma recherche, capricieux comme sa maîtresse. Et il en a été ainsi. Il y a eu corps nu et plein de vie, il y a eu petit animal vif et j'ai fait mon devoir, mais tout ça n'a été que le véhicule de quelque chose d'autre. Du vertige, du cri que le vertige a provoqué. De la conscience, délicieuse, trop vaste pour être saisie, qu'un si grand plaisir pouvait me faire disparaître. En la pénétrant, j'ai commencé à tomber dans le vide et j'ai senti que ma tête allait exploser et que mes poumons ne tiendraient pas le coup. J'ai cru que je regardais sur les côtés et qu'il n'y avait rien, que je regardais en dessous, et rien non plus, que je n'étais nulle part ou que je tombais dans un silence absolu au-delà des planètes. Et je me suis laissé mourir comme ça. J'ai imaginé que je criais plus fort, désormais depuis l'autre côté, mais lorsque j'ai ouvert les yeux j'étais toujours muet et dans ma chambre. Le lit était à sa place et il y avait le bruit des voitures de l'autre côté de la fenêtre. Souriante, assise à califourchon sur mes cuisses, me regardant avec un mélange de mépris et de moquerie (cette forme suprême de son amour), il y avait aussi la belle Irina.

*

Je peux justifier de deux manières son envie de revenir vers moi. La première est qu'elle est trop jeune, trop belle, qu'elle n'a rien d'autre à faire et que ma solitude et le caractère écrasant de mon devoir m'ont rendu faible et vulnérable. Que je la désire et qu'elle veut jouer avec moi, et rien de plus. Mais il y a quelque chose de plus, de très fragile, enfoui dans son corps. C'est cette faiblesse (qui est aussi un mystère sans solution) qui m'a fait la regarder depuis le début, la désirer ensuite, vouloir passer tous les jours et toutes les nuits auprès d'elle (et la toucher, la pénétrer et dans ma tête aussi la tuer). Ce n'est que ça qui me fait me tenir là. Son silence, qui ressemble tant à une tristesse antérieure à elle-même, antérieure à la république et antérieure aussi à toutes les batailles d'Europe.

Le sexe fini, en fixant le plafond, je me dis que ç'a valu la peine. Suffisamment pour supporter toutes les pénitences et pour prendre le risque d'ouvrir les yeux et de me retrouver sur un chemin qui aurait déjà bifurqué dans le passé et m'aurait éloigné d'un destin nécessaire et glorieux. Je me jure de l'accompagner toujours, jusqu'où le corps me le permettra.

*

Elle me dit qu'ils ne sont rien de tout ce sur quoi je la questionne. Qu'ils ne sont pas narcotrafiquants ni immigrés illégaux. Qu'ils ne sont pas non plus paraguayens. Elle me dit qu'elle croit que son père est brésilien, qu'il est peut-être passé du Brésil au Paraguay. Elle ne sait pas si les deux pays sont loin l'un de l'autre, elle ne sait pas s'ils ont une frontière en commun. Elle ne l'a jamais demandé au père et elle ne va pas le faire. La mère est née dans une ville appelée Naranjal et elle est morte quand elle avait deux ans. Et voilà tout ce qu'elle sait. Elle ne veut pas parler davantage. Elle fait semblant de s'ennuyer, bâille et me dit qu'elle a faim.

*

Les mots choisis dans la presse de ce dimanche sont :

Défense.

Silence.

Colère.

*

Bien sûr, j'aime qu'on me voie avec elle. Surtout si ce sont des Nègres et des Arabes et des Latinos. Elle semble être heureuse de ma toute récente assurance, elle me rend ainsi mes gestes d'affection par d'autres pareils et, malgré mes réticences, elle insiste chaque nuit, après les restaurants et une bouteille de vin, pour aller avec moi au lit.

Les après-midi, nous marchons le long des rives du fleuve, nous regardons les vitrines illuminées, nous nous serrons fort l'un contre l'autre pour endurer le crachin.

Deux semaines passent et, comme s'il s'agissait d'un long rêve sur le point de finir, elle vient vivre chez moi. Elle apporte seulement quatre vêtements de rechange, ses bijoux de Gitane et ses économies, qu'elle range sous mon lit comme si c'était le sien. Je ne veux pas savoir ce que pensent ses frères de ce déménagement, ce que pense son père. Elle ne semble pas vouloir m'en parler, elle ne me demande pas non plus ce qu'il y a dans les pièces toujours fermées à clé, dans le bureau, dans ta chambre.

*

La religion, elle s'en fout, elle dit.

Elle n'a pas l'air non plus de s'intéresser au pays où elle vit. Ni aux origines de sa famille. Ni à la politique. Ni à l'histoire. Ni à l'économie. Rien de ce qui exige de son cerveau un effort d'abstraction. Rien au-delà de son corps souple, musclé, hâlé, qui avec la même aisance peut, comme ceux de ses frères, voler, trafiquer ou forniquer. Je n'y crois pas. Je lui dis que je ne la crois pas. Personne ne peut supporter de vivre sans croire en rien.

*

Je me suis réveillé ce matin à 9 h après une nuit où j'ai dû la pénétrer trois fois, me forçant ainsi à avaler trois milligrammes de Clonazepam pour maîtriser l'excitation et pouvoir dormir. Je faisais face au placard lorsque j'ai ouvert les yeux, j'avais la bouche pâteuse, j'avais trop chaud. Lorsque je me suis retourné, j'ai compris qu'elle s'en était allée. Ça n'a pas été nécessaire d'aller voir dans la salle de bain ou dans la cuisine. Elle m'avait abandonné sans laisser de traces.

*

Deux jours ont passé et sa présence me manque à tel point qu'hier soir je n'ai pas pu dormir, malgré le Clonazepam. Aujourd'hui je n'ai pas mangé, je ne me suis pas habillé non plus. Une scène où elle embrasse un homme bien meilleur que moi, où elle le laisse lui fourrer la langue dans la bouche et une main entre les fesses se répète, sans pause, dans ma tête, de plus en plus détaillée, encore et encore, jusqu'au moment où je commence à pousser des cris. Irina s'en est allée, mais elle a laissé dans les draps l'odeur de son savon, de sa sueur, de son con.

*

Sans m'être brossé les dents, sans mettre de caleçon, haïssant plus que jamais tous mes voisins (Nègres, Chinois, Arabes, Indiens, Latinos), je sors dans la rue. Du plat de la main je frappe la porte de son appartement, sans avoir préparé même une phrase au cas où il y aurait à l'intérieur l'un des hommes. Rien. Je la cherche dans la rue, assise à une table du café. Je vais en métro au parc de LV, aux jardins de DE, à l'école de secrétariat. Rien. Je jette un coup d'œil dans les bouis-bouis de shawarmas et de falafels et de poulet au curry et de ce riz chinois dont l'odeur me révulse et qu'elle aimait tant. Pas la moindre trace. Peut-être a-t-elle été découverte par ses frères, peut-être les Latinos sont-ils comme les Arabes et comme les Nègres et l'ont-ils battue à mort au nom de l'honneur de la famille et jetée dans une décharge.

*

Je passe trois jours à marcher dans les rues de tous les arrondissements, sauf le M et le P, sans jamais m'arrêter. Soixante-douze heures d'affilée, convaincu de pouvoir ainsi la trouver, mais sachant que ce n'est pas vrai, que cette méthode (la torture des pieds et des genoux, la faim, le sommeil, cette tête de détraqué) est en réalité le châtiment bien mérité pour l'avoir laissée partir, pour ne pas avoir pris soin d'elle, pour ne pas m'être assuré que quelque chose comme ça ne pourrait pas nous arriver.

*

À 15 h, l'après-midi du sixième jour, comme si elle n'était jamais partie, elle est de retour. Elle me trouve sous-alimenté, malade, bourré de cachets, au bord de la mort. Je ne lui demande aucune explication. Elle ne me demande pas pourquoi je suis dans cet état, mais elle se consacre à faire le ménage dans l'appartement mieux qu'elle ne le faisait chez elle, à me faire manger, à me caresser la tête dans le lit pour que je dorme bien toutes les nuits.

*

Et comme ça, nous avons l'air heureux, de nouveau.

Plus heureux, si c'est possible. Moi, je continue à travailler. Je me charge du ménage de l'appartement et de la répartition précise du temps, comme il se doit. Elle, elle s'ennuie comme toujours, elle cuisine pour moi et, faute de télévision, elle regarde des vidéos musicales pour adolescents sur son téléphone (des chansons où il y a toujours une femme comme elle : basanée, aguerrie dans la rue, habillée comme un membre de gang nègre, crachant à la caméra toute sa frustration de vivre parmi les cannibales).

À la merci de cette pulsion suicidaire du désir (ne pouvant penser à rien d'autre qui ne soit pas son con, la courbe douce qui mène à son nombril, ses cuisses dures, son cul ferme), soumis à cette autodestruction vers laquelle elle m'entraîne, je lui avoue toute la vérité. Qui je suis. Ce que je fais. Ma sœur morte prématurément. Ma mère partie bien avant, de sa propre volonté. Je lui parle même de papa, qui, à part m'engendrer et m'abandonner pour me rendre plus fort, n'a rien fait pour moi.

Je lui laisse voir toutes mes peurs, mes côtés les plus faibles, la complexe et turbulente personnalité de ce héros de notre temps : ses traumas, ses faiblesses, ses problèmes de socialisation, sa solitude. Je lui avoue comment le héros est en train de perdre le contrôle et comment il dépend de plus en plus de sa très jeune maîtresse (de son corps et de ses odeurs, mais aussi du mystère enclos dans cette tristesse et de son intelligence et de son ignorance et de son manque de curiosité).

Je lui laisse voir, en somme, qui je suis : un homme sûr de ses principes, de sa vision privilégiée de l'histoire passée et de celle qui viendra, mais aussi un homme effrayé par lui-même, par les formes extrêmes que peuvent emprunter les rituels de l'autodestruction, par la manière qu'il a de regarder les femmes, par la façon dont sa propre force physique, en apparence insignifiante, peut se déchaîner et détruire d'autres corps moins résolus.

Je ne lui parle ni de la ferme ni de mes œuvres.

Je lui ferai la surprise en temps voulu, et cette surprise sera le meilleur cadeau qu'elle ait jamais reçu.

*

Les fertilisants ont enfin été livrés. Dix sacs de vingt kilogrammes, achetés en liquide et avec toutes les autorisations en règle, dans un quartier de L. Les sacs sont bleus et portent une image de ce qui semble être un champ de blé en jaune sur fond rouge, comme s'il s'agissait de la dernière des moissons, celle de la fin des temps.

J'ai travaillé jusqu'au coucher du soleil, goûtant le souffle tiède qui pénètre par les vantaux enfin ouverts, goûtant l'odeur du fumier de cheval et de foin sec. J'ai apporté de l'eau en bouteille, des pâtes froides et des tomates sèches dans un récipient en plastique. La gorge nouée par la possibilité des pleurs, toujours imminents depuis que je me suis confié à Irina, à 13 h sonnantes, j'ai avalé et bu très lentement, assis sur une grume couchée devant le champ. Je regarde ce paysage glorieux de la vieille république, vallonné, discret, témoin de l'histoire passée et de celle qui viendra, et l'envie de pleurer devient insupportable.

Lorsque j'ai fini de manger et que je suis sur le point de pénétrer dans la grange, sans que ma volonté y soit pour quelque chose, apparaît devant moi le corps d'Irina. Je la vois très nettement dans mon esprit : nue, sortant de la salle de bain, prête à se donner avec ce sourire de mépris qu'elle n'a que pour moi, ses jambes légèrement écartées me laissent voir son petit con rose, le centre de toutes mes faiblesses. Alors je ne peux plus contenir les larmes. Je regarde le soleil glissant tout doucement sous l'horizon et je pleure sur Irina, et je pleure sur moi, mais je pleure aussi sur nous deux, sur ce qui va se passer lorsque nous ne serons plus, lorsque ma mission aura été accomplie.

Ensuite, une fois dans la grange, sachant qu'à l'extérieur la tâche a été accomplie, j'ai contemplé l'ordre : les fusibles et les câbles parfaitement classés, les moules à creux perdu pour le plâtre, les socles, trois sacs en plastique avec le fertilisant mis de côté pour le jour final. Ce faisant, je confirme ce que je sais déjà. Je suis le point culminant d'une culture supérieure et, malgré mes faiblesses, le sentier vers la gloire n'a pas bifurqué. La récompense la plus haute m'attend encore, à la fin de la traversée.

*

Sur le chemin du retour, sans désormais pouvoir effacer de mon visage un sourire qui durera deux jours, je promets que lorsque je mourrai je laisserai à Irina tout ce que je possède. Pour qu'elle s'éloigne le plus loin qu'elle pourra de la porcherie en quoi notre quartier va très vite se transformer. Pour qu'elle disparaisse. À 19 h, alors que je me sens dans un état d'extrême légèreté, comme neuf, je grimpe à bord du dernier train à destination de la ville. Je suis enfin heureux, comme si mon corps avait perdu son poids, comme s'il avait cessé d'exister, j'imagine de l'autre côté de la vitre les sillons humides, noirs, profonds, les bouquets d'arbres anciens, les poteaux en bois délimitant l'obscurité.

*

L'heure est venue de te l'expliquer, même s'il y a longtemps que tu as renoncé à moi. Peut-être maintenant que je le crie, ici, dans l'un des derniers espaces vides de mon journal, pourras-tu m'entendre et décideras-tu, depuis l'au-delà, de te manifester à nouveau, de ne pas me laisser seul.

Voilà ce que je prépare dans la grange : trois sculptures de plâtre imperméabilisé. Toutes trois représentent des anges. Je l'ai dit auparavant, mais tu n'as pas voulu m'écouter.

La première ornera l'entrée du centre communautaro-artistique du quartier AB3. Elle représentera le corps athlétique et nu d'un ange aussi beau et svelte que les basanés qui le regarderont. Il aura un sourire sur le visage, un de ses doigts pointé vers le ciel, les ailes à demi déployées, comme s'il s'apprêtait à abandonner ce monde pour s'en aller vers un autre bien meilleur.

À l'entrée du bâtiment le plus élevé du quartier arabe de DEF-I, sur un piédestal en bois, il y aura une sculpture qui représentera un ange assis sur un trône, pareil à un Apollon rasé, avec la même attitude orgueilleuse, la même colère et la même vaste poitrine que le dieu grec. Il sourira sans peur et ses ailes seront repliées, comme s'il s'apprêtait à se redresser et à montrer au monde ce dont il est capable.

La troisième sculpture se dressera à l'un des angles de la place du TN et représentera un ange à genoux, un poing posé au sol, le dos voûté. Il regardera le ciel avec un mélange de haine et de désespoir, comme s'il avait perdu la foi, comme s'il voulait demander des comptes au dieu qui l'a jeté parmi nous.

Leur surface de plâtre à tous trois sera enduite de résine, l'intérieur sera constitué d'une structure de treillage en aluminium, de clous et de tiges d'acier de moins d'un centimètre, qui formera le vide central. L'effort et la discipline, finalement, auront porté des fruits plus que parfaits, rayonnants, et les habitants du monde, stupéfaits, n'auront d'autre remède que de les admirer.

*

Il doit avoir cent ans et il est certainement arrivé jusque-là à force de grignoter de l'ail et de bouffer des quartiers de viande de chèvre. C'est un type né loin d'ici (en Afghanistan ? au Pakistan ? en Libye ?). Basané, sec et dur comme une trique, les yeux cernés, avec une barbe de trois jours. Il est assis contre la façade d'un bâtiment qui a connu des jours meilleurs, où ont vécu des familles décentes, et qui est à présent uniquement occupé par des types à la peau tannée, des drogués, des étudiants qui aiment se vautrer dans cette fange.

Le vieux essaie de se mettre debout et il semble que parmi ceux de son espèce la solidarité n'existe pas, parce que personne ne l'aide. Je le vois depuis l'extrémité du trottoir, je ne m'arrête pas, et lorsque je me trouve à trois ou quatre pas de lui et me prépare à traverser la rue, il se met à vomir. Il vomit toute la minute que dure le feu rouge.

Pourquoi dois-je le voir ?

Est-ce que, moi, je vais à Bagdad ou à Damas saloper l'air avec mes bruits et mes odeurs ?

Non.

*

J'ai perdu le peu de dignité qui me restait.

Elle sait tout.

Je lui ai dit ce matin, en lui expliquant aussi ce qu'elle ne comprend pas tout de suite. Elle connaît les numéros et les codes d'accès de mes trois comptes en banque, elle connaît leur solde. Elle sait que ce sont des fonds d'inversion et comment sont réparties les actions de maman. Elle a vu les titres de propriété de l'appartement. Je suis sauvé par l'instinct de survie juste à temps et je ne lui dis rien sur la ferme.

L'après-midi, aveuglé, je lui ai acheté une bague de diamants. Une vraie bague. Trente mille euros payés avec une carte de crédit que je n'avais jamais utilisée auparavant. En retour, elle m'excite tant, assise sur le canapé, les jambes très écartées et ne portant que cette seule bague, que je parviens à forcer son cul, debout tous les deux, ses petits seins appuyés sur la table de la salle à manger, elle gémit comme une actrice de film porno qui cette fois-ci parvient à attiser mon désir encore plus, plus que jamais.

*

Aujourd'hui nous sommes tombés dans la rue sur son père et son frère. De près, ce frère est plus grand, plus blanc, plus robuste que de loin, il boite légèrement, ce qui le rend pire. Le père, en revanche, est pareil à celui qui marchait et parlait avant la déconnexion, dans l'espace aseptisé de l'écran de mon ordinateur. Sale, gros, avec des yeux très petits et un énorme ventre, une barbe de quelques jours.

Ils surgissent à l'improviste, à un coin de rue, peu avant le rond-point de BR. Lorsqu'ils s'immobilisent, cinq mètres de froid et d'humidité nous séparent. Irina, je ne sais pas depuis quand et cela me distrait et rend mon esprit confus, serre ma main droite de sa main menue et froide. Comme pour me rappeler ce qu'elle m'a demandé tout à l'heure, ce matin même : que je ne les agresse pas si nous les rencontrions (elle croit que je suis le prédateur, alors qu'en réalité je suis la proie).

Ils cessent de parler en nous voyant. Ils ne font que respirer. De leurs fosses nasales sortent de petits nuages de buée qui me rappellent que ce sont des animaux, des muscles et des os, presque des chevaux dans le froid de cet hiver. Irina me serre un peu plus les doigts et je ne peux pas la voir mais je comprends enfin : elle jouit de ce moment parce qu'elle m'a menti, et que depuis le début elle sait que je suis la proie, que je suis un petit Blanc, chétif et balourd, qui fait face à deux bêtes faites pour la chasse.

Une giclée chimique jaillit alors de ma main serrée par la sienne, atteint mes poumons et je comprends, comme si j'étais un véritable héros, que la vie peut être ce qu'elle est pour Irina, un jeu qui est bien meilleur quand il finit mal. Juste pour lui faire plaisir, pour lui faire savoir que moi aussi je peux rire de la mort, je les fixe dans les yeux. Je lâche la main d'Irina, m'avance d'un pas et lève le menton comme il se doit.

Eux, ils ne font que rire de ma pose caricaturale et concentrent leurs regards sur le corps d'Irina, la scrutant de haut en bas, lui disant *pute* sans avoir besoin d'ouvrir la bouche. Le frère aîné crache par terre et le père applaudit au milieu du silence de l'hiver, un battement de mains très bruyant qui retentit dans l'humidité, et en moi quelque chose tremble pendant un instant, un tremblement presque impossible à voir mais visible pour eux, et même si la panique me dit de fermer les yeux, je parviens à ne pas le faire.

À ma surprise, les brutes ne sont pas d'humeur à se bagarrer, ou ont compris que se battre contre moi conduirait Irina à m'aimer davantage, me relevant du sol pour panser mes plaies et aussi certainement criant théâtralement qu'ils me laissent en paix, qu'ils ne me tuent pas, comme si nous étions dans une rue d'Amérique latine. Les brutes ont pitié. Et, après avoir craché et applaudi, elles passent à côté de nous, sans un regard, et s'éloignent.

Moi je suis encore immobile, je regarde devant moi, lorsque je sens qu'Irina m'enlace par-derrière. Je sais qu'elle ne ferme pas les yeux, qu'elle ne m'admire pas, qu'elle ne se sent ni protégée ni sauvée par ma présence, qu'elle ne veut pas prendre appui sur mes épaules, mais cette étreinte n'est que pour moi, pour susciter un effet sur mes sens toujours impressionnables, et cela est plus que suffisant.

*

Au lieu de me masturber ou de me sucer, elle s'est étendue seule hier soir sur le canapé de maman et a fixé le plafond avec ses taches d'humidité. Le chien que je suis n'a pas pu la laisser tranquille. Je me suis assis à côté d'elle pour lui caresser la tête, croyant que ça lui ferait plaisir. Et c'est là, comme ça, de manière imprévue, apaisée ou pas par ma tendresse, qu'elle a commencé à me parler d'elle.

Elle était née dans un petit village avec de la boue, des bananiers et des serpents. Son père avait fui en Europe sur un navire marchand après avoir blessé un autre homme avec une machette pendant une rixe d'ivrognes. Sa mère était morte trois semaines plus tard, laissant à la grand-mère, pour eux, l'argent suffisant pour aller chercher leur père. Elle n'a rien dit de ce qui s'était passé les quatorze années suivantes.

Elle est restée silencieuse plusieurs minutes et avant qu'elle ne se remette à parler j'ai su que ce qui allait suivre serait quelque chose de si terrible que je regretterais de l'avoir entendu. Sur un ton trop neutre, presque artificiel, comme si sa voix sortait de poumons qu'elle ne contrôlerait pas, elle a dit que son père l'avait violée. Trois fois. La première, lorsqu'elle avait treize ans, ivre, après lui avoir fait avaler un alcool douceâtre. La deuxième, à quinze ans, ivre et la menaçant d'un couteau de cuisine. La troisième, il y a six mois, sans qu'il l'ait fait ingurgiter d'alcool ni menacée.

Un nouveau silence, plus long encore, qui me saisit l'intérieur du corps. Ensuite, comme s'ils faisaient partie de la même histoire, elle a voulu me parler de ses amants. Je l'en ai empêchée. Je l'ai prise dans les bras. Elle m'a repoussé. M'a tourné le dos. Je suis allé dans le bureau pour voir les enregistrements de son corps sur mon écran, pleurant pour elle, comme si elle était déjà morte. Lorsque je suis revenu, elle avait bu et était assez assommée pour que je l'emmène dîner dans un restaurant pour nouveaux riches, sur l'avenue MP.

*

L'officine figure dans un annuaire spécialisé d'Internet en tant qu'*Entreprise de sécurité confidentielle et de détectives privés à votre service*. Le patron, qui a l'air d'un figurant de mauvais film policier, est un Normand court sur pattes, avec une tête de boxeur, ex-flic. L'exécutant est un type très maigre, très timide, comme un adolescent triste, le visage couvert de boutons. Il ne nous regarde jamais dans les yeux pendant que le Normand lui explique la mission. Il accepte. Il fait son travail. Il intercepte le gros quand il sort à minuit de la station de métro LB. Il lui fait croire qu'il a un pistolet lorsqu'il lui enfonce des clés dans les côtes et le fait asseoir entravé et bâillonné sur le siège passager d'un minuscule véhicule. Il s'arrête dans un terrain vague à une heure de la ville, à proximité de KM. Là, il le fait mettre à genoux et le roue de coups. D'abord avec les poings. Ensuite à coups de pied. Avec une canne de golf qu'il tire de la voiture, il cingle les côtes, aussi. Enfin, inspiré comme il est, il risque la vie du gros, et son salaire, en le frappant au ventre, au visage et à la tête, avec cette canne. Lorsqu'il a fini, comme on le lui a demandé, il dit au gros à voix très basse, à l'oreille, que c'est ce qui arrive quand on touche sa fille. Et que la prochaine fois qu'il le fera, la punition sera bien pire.

*

Irina disparaît de nouveau et je comprends que cette fois-ci le jeu de cache-cache sera différent. Ça fait deux nuits qu'elle est partie ; à mon réveil je prends deux cafés noirs, deux Red Bull et deux Seroxat, et je m'assois devant l'ordinateur comme si rien ne se passait, me répétant que la vie continue, qu'un destin plein de gloire m'attend avec ou sans elle.

Je tâche de ne pas me retourner pour éviter de regarder vers la fenêtre de son appartement, mais je dois me lever pour aller aux toilettes et c'est alors que je remarque que quelque chose bouge derrière les vitres. Je dévale les escaliers, le visage bouffi par le somnifère, le corps entier tremblant sous l'effet des stimulants. Je parviens à l'intercepter au moment où elle sort du bâtiment.

Je lui demande en hurlant comme le dément que je finirai par être où elle a passé ces deux dernières nuits. Avec une moue de mépris et fixant ma bouche, elle me dit qu'elle était chez une secrétaire diplômée, tout à côté de l'hôpital LPS.

Elle lève le regard jusqu'à ce que ses yeux fixent les miens et, sans que je le lui demande, en une émouvante démonstration d'amour et d'abandon, elle m'explique. Trois jours auparavant, un ivrogne avait trouvé le gros, dans un sale état, étendu de tout son long dans un terrain vague de LV. Il avait dû être interné avec une grave contusion au crâne, sept côtes et la clavicule cassées.

Les yeux d'Irina, gonflés par les pleurs et l'insomnie, ne peuvent retenir les larmes. Je l'enlace, elle essaie de glisser hors de mes bras, je la serre plus fort, elle tente de me repousser. Elle s'avoue vaincue, ou elle fait très bien semblant. Elle pleure sur ma poitrine et répète comme si elle était devenue folle que ce n'est pas juste. Ce n'est pas juste, ce n'est pas juste, ce n'est pas juste. Elle écarte sa joue de ma chemise et s'éloigne assez pour me frapper la poitrine. Ce n'est pas juste. Et plus elle le répète, plus elle me frappe rageusement.

Je ne sais pas si elle sait que c'est moi, ou si elle en a l'intuition, ou si elle m'en tient de toute façon responsable, parce que c'est comme ça (parce que je suis avec elle, que j'ai de l'argent et que je n'ai rien fait pour défendre le gros de l'agression). Je lui dis que oui, elle a raison, ce n'est pas juste. Je lui propose de l'aider pour ce qu'elle voudra, de transférer le père à la meilleure des cliniques privées. Elle me regarde dans les yeux très fixement et ne me répond pas. Elle ne m'embrasse pas. Elle s'éloigne en longues enjambées vers le rond-point de BR, comme si cela lui servait à quelque chose.

*

Deux jours passent et ma patience est à bout. Je sais qu'elle est chez elle et qu'elle est seule vu que son frère est au chevet du père à l'hôpital. Je tape à la porte de toutes mes forces. Rien. Une heure s'écoule, je reviens et je frappe toutes les cinq minutes pendant une demi-heure jusqu'à ce que, enfin, Irina ouvre et aussitôt tourne le dos, et je dois la suivre jusqu'à la chambre.

Je m'assois sur le lit que j'ai vu tant de fois sur mon écran. Elle me regarde de haut en bas, les yeux gonflés, puis elle se défait de ses vêtements comme si je n'étais pas là. Elle s'assoit sur le fauteuil délabré qu'il y a à côté du lit et écarte grand les jambes.

Elle ne se masturbe pas, elle ne fait que regarder fixement mes yeux, en me haïssant.

Peu après l'avoir pénétrée, étant qui je suis, ce héros nouveau et sans scrupules, je la soulève jusqu'au lit toujours en elle, je la repose sur le ventre et je tremble de plus en plus fort, et je fais tressaillir son corps menu, je la fais crier de douleur mais aussi d'un plaisir qui me semble pour la première fois authentique.

Elle balance dans une petite valise rose et sale le peu de vêtements qu'il lui reste ici. Puis nous sortons sans dire un mot, nous descendons les escaliers. En arrivant chez nous, nous faisons la sieste, moi sur le canapé, elle dans mon lit.

*

Je t'ai déjà mille fois demandé pardon, à genoux, dans ma tête, et je te le demande ici encore une fois. Je pourrais le faire toutes les heures de tous les jours, la tête basse, comme pendant une messe sans fin. Jusqu'au dernier soupir, si c'est ce que tu veux. Je t'en prie, pardonne-moi. De souiller notre appartement avec les actes obscènes dans lesquels m'entraîne Irina. De souiller les pages de ce journal avec les mots appropriés pour décrire de tels actes. Si tu me pardonnes, si tu m'accompagnes depuis l'au-delà, rien ni personne ne pourra nous vaincre, je te le jure, et l'ancienne république sera de nouveau celle de ses citoyens.

*

Irina me demande à quelle date auront lieu les élections. Nous nous trouvons dans l'un de ces bistrots qui brassent de jeunes universitaires nègres ou arabes et blancs français bien intentionnés. Ils mangent tous les mêmes plats et boivent les mêmes boissons, comme si ça leur donnait des bons points pour le paradis. Très vite, ces types basanés si bien habillés cesseront d'inquiéter tous les autres. Très vite, ils seront balayés par la force de l'histoire, comme tous ceux de leur espèce, et de leurs corps ne restera même pas le souvenir.

Irina et moi détonnons dans un local pareil, évidemment, et c'est peut-être pour ça que nous allons nous y asseoir de plus en plus souvent. Elle est une vraie immigrée, tout récemment arrivée (mineure, pauvre, de mauvais goût, une bête hypersexuée et délinquante). Je suis un Français malingre et trop propre, rasé de frais, habillé comme s'il avait trente ans de plus.

Elle me demande encore une fois quand ont lieu les élections, mais je ne sais pas quoi lui répondre. Nous restons de nouveau silencieux, jouissant du mépris de tous les autres, qui nous rend chaque jour plus forts.

*

Elle m'a fait cadeau d'un revolver. Luisant, neuf, dans un étui brillant de cuir noir. Et tout de suite après, dans un carton enveloppé dans un papier cadeau, un holster de poitrine dans lequel s'emboîte parfaitement l'arme (pareille à celles des westerns : un barillet à six trous qui tourne, un percuteur et une sécurité, un canon court mais épais). Pour finir, elle tire de son sac à main une petite boîte en carton avec six balles calibre 38. Elle rit en voyant ma tête surprise, elle me caresse la joue et me demande de glisser les balles dans le revolver, comme si elle voulait que j'étrenne mon nouveau joujou.

Je ne comprends pas pourquoi elle m'offre une arme. Elle est ivre une fois de plus, comme toujours ces derniers temps, et elle me demande d'enfiler le tee-shirt squelette qu'elle m'a offert hier, de me déshabiller et ne garder que le caleçon qu'elle m'a offert avant-hier. Le tout avec mon argent, avec ma carte de crédit. Une fois qu'elle m'a déguisé en un improbable modèle de sous-vêtements (chétif, plus que blanc, bossu), elle me fait défiler. Elle fait semblant de se sentir attirée par mes épaules, mes bras, par le revolver sur le côté, accroché aux courroies tendues. Je joue le jeu, comme si je ne me sentais pas ridicule, et je la regarde fixement, comme si mon regard pouvait avoir un quelconque effet sur elle, jusqu'à ce qu'elle s'approche de moi, glisse sa langue de jeune serpente dans ma bouche, se mette à genoux et introduise ma verge encore flaccide dans sa bouche, et rapidement parvienne à me faire décharger.

*

Il est temps de faire l'inventaire des examens passés avec succès pour pouvoir être avec ma petite chérie :

– Fête de Nouvel An, dans le grand parc des défilés, passée à voir les feux d'artifice et à manger des crêpes.
– Trois chevauchées de manège pour enfants, avec photo à quinze euros incluse.
– Deux ascensions à la tour avec restaurant hors de prix et ascenseur puant l'immigré.
– Onze balades sur les berges pavées du fleuve.
– Quatre files d'attente nocturnes au cinéma. Deux comédies romantiques, un film d'action, une tragédie ratée.
– Restaurants, tous les soirs, sauf six.
– Une partie de bowling au centre commercial de SL.

Rien ne me rend plus heureux que de la voir heureuse.

*

Deux des trois anges sont poncés, polis, recouverts de résine, posés sur leurs bases en bois, avec les boulons et les sphères en verre en position. Je regarde mon œuvre et je suis ému aux larmes, ensuite j'aspire profondément toute l'humidité glacée de cette campagne, comme s'il était possible de l'emporter avec moi, de retour à la ville.

*

Le revolver est abîmé.

J'ai essayé de m'en servir dans la grange, j'ai pointé le canon vers des sacs d'engrais, mais le percuteur n'atteint pas la poudre et les balles restent immobiles dans le barillet. Il n'y a pas moyen de le débloquer. Je l'examine de très près, sous la lumière de l'une des lampes destinées à mes anges, et je me rends compte que la gâchette a été limée de sorte qu'elle ne puisse pas faire exploser la poudre.

Le revolver est endommagé et cela ne peut que signifier soit qu'Irina n'a pas confiance en mon jugement ou en mon adresse, soit qu'elle m'a armé rien que pour se foutre de moi, soit qu'elle prépare un plan pervers pour m'assassiner. J'envisage la dernière option uniquement pour me moquer de l'excès d'une imagination enfiévrée par de trop nombreuses années d'enfermement. Je tâche d'oublier la scène où elle m'a fait croire que mon sex-appeal augmente quand je suis à poil et armé. Je me dis qu'Irina ne sait pas que le revolver ne fonctionne pas, qu'elle ne peut pas le savoir, puisqu'elle m'en a fait cadeau justement pour la protéger du harcèlement des membres de sa famille.

*

Aujourd'hui elle m'a fait boire de l'alcool. Ça s'est passé vers 16 h, dans l'appartement, sans aucune raison. Elle a servi deux petits verres d'un pastis qu'elle a acheté sans mon approbation. Elle en a posé un sur le plan de travail de la cuisine, à côté des poivrons que je finissais de couper, et, pour rire mais sérieusement, elle m'a dit qu'elle voulait voir le petit verre vide quand elle reviendrait de la chambre. Je n'ai jamais bu d'alcool et elle le sait. J'ai continué à faire ce que je faisais, comme si de rien n'était. Elle est revenue cinq minutes après, elle s'était servi un deuxième verre plus grand que le premier, et s'est collée à mon dos.

J'ai pu imaginer son sourire amer, flétri, contre mon visage et j'ai décidé de lui accorder un peu d'attention. J'ai laissé les poivrons à moitié coupés, je me suis lavé les mains, je l'ai suivie au séjour et lui ai proposé de voir une de ses comédies romantiques. J'ai introduit le disque dans la fente du lecteur et nous nous sommes assis l'un à côté de l'autre, comme si nous avions soixante-dix ans et que notre vie se réduisait à ça.

Avant que les premières images apparaissent, elle a levé son verre pour porter un toast. *À nous, à notre amour*, a-t-elle dit, et elle m'a regardé fixement dans les yeux, avec ce mélange de moquerie et de mépris qui me met à ses pieds. Je me suis dit que l'alcool ne pouvait pas être si mauvais, que j'avais droit à un peu de repos avant les derniers jours, qu'en tout cas je n'étais pas en état de supporter la possibilité d'une Irina de nouveau évanouie dans la nature.

Je n'ai pas trouvé l'alcool si mauvais que ça. Tandis que sur l'écran s'enchaînaient des situations ridicules, invraisemblables, mal interprétées, pas du tout drôles, Irina a avalé suffisamment d'alcool pour être soûle. Trois bières et deux verres de whisky, après le pastis. Elle m'a forcé à lever mon verre trois fois, et j'entamais mon quatrième verre de pastis quand elle me l'a dit : qu'elle aimerait aimer ses frères comme la vraie blonde du film aimait les siens. Elle n'aime pas ses frères, a-t-elle dit. Elle les hait et en a peur. *Jamais je pourrai les aimer*, a-t-elle déclaré sur un ton dramatique, la voix sur le point de se briser, me regardant en face, mais regardant aussi à travers moi, au-delà.

Inquiet d'une crise d'hystérie qui pourrait finir une autre fois par sa disparition, je lui ai répondu qu'elle exagérait, que personne n'avait peur de ses frères, même pas les femmes engoncées dans des tapis noirs dans l'Est, et il m'a semblé que c'était une bonne plaisanterie, mais elle n'a pas souri, elle m'a ignoré, c'était comme si je n'avais pas parlé, et elle a augmenté le son de la télévision. Je lui ai dit alors (je finis toujours par demander clémence sans raison) que c'était une blague, qu'elle ne devait pas craindre ni haïr ses frères, que c'était certainement un moment passager de la vie, qu'ils finiraient par s'habituer à ce que l'on vive ensemble.

Ses yeux se sont emplis de larmes. J'ai été déconcerté, je n'ai pas su quoi faire et j'ai essayé une autre blague, cette fois-ci sur la bêtise de ce film, à propos de la bêtise en général des Américains du Nord, mais elle a insisté. Avec une tension dans la voix que je ne lui connaissais pas, elle a murmuré que oui, on pouvait haïr ses frères, et elle a fixé les jointures de ses doigts, comme si elle avait mal. J'ai essayé de passer un bras sur ses épaules, mais elle s'est dégagée. Alors, comme si elle ne pouvait davantage le garder pour elle (comme si ce rituel de l'alcool et des larmes et du film était le préambule de cette phrase), elle m'a dit que je le savais.

Tu sais que c'est vrai qu'on peut haïr ses frères, toi, tu le sais mieux que personne. Je n'ai pas su à quoi elle faisait référence. Mon unique sœur, c'est toi, mon Eva, et je t'ai toujours adorée. Je lui ai dit que non, qu'elle se calme, que tout allait aller mieux, mais elle m'a repoussé de nouveau et a crié que je savais très bien de quoi elle me parlait parce que j'avais tout vu. Elle avait les yeux exorbités par l'alcool et transpirait à grosses gouttes. Je suis resté silencieux, je l'ai regardée dans les yeux du mieux que j'ai pu, croyant que ce faisant je pouvais paraître honnêtement ignorant. Je me suis mis debout. Je l'ai prise par la main droite pour essayer de la mettre sur pied elle aussi et, comme je n'ai pas réussi, je lui ai dit, tout près de l'oreille, qu'elle aille se coucher, que demain serait un autre jour, un jour meilleur.

Elle était plus soûle qu'elle ne le paraissait et elle a crié que les petits Blancs, on était tous pareils. Que je laisse tomber la trouille, que je sois un homme. Et en le disant, elle s'est levée et est allée jusqu'à la table et a bu cul sec tout le whisky restant puis a explosé le verre contre le plus grand des murs du séjour. Immédiatement après, sans me donner le temps de préparer ma défense, elle s'est approchée en titubant, comme si elle pesait plus que son poids (tous deux désormais conscients de l'effondrement imminent de tout ce que nous connaissions), elle est arrivée devant moi et a crié que j'étais un lâche, un Blanc lâche, une merde d'Européen, et j'ai essayé de lui saisir la main qu'elle levait très près de mon visage, mais elle l'a dégagée et a commencé à enfoncer dans ma poitrine son index, qui avait l'air long et effilé, de plus en plus fort.

Un petit Blanc, une pédale, sans les couilles pour dire ce qu'il pense.

Un petit Blanc sournois.

Un petit Blanc qui se chie dessus.

Un petit pédé blanc.

C'est alors qu'elle m'a poussé, j'ai perdu l'équilibre et je me suis retrouvé assis sur la petite table en chêne de maman. Je me suis relevé comme j'ai pu et je me suis approché de son corps, mon corps penché vers l'avant, les bras pendant sur les côtés, les poings fermés, les sourcils froncés (comme si j'avais été un orang-outan s'apprêtant à charger), mais au lieu de l'agresser comme j'aurais dû le faire, je lui ai crié de toutes mes forces de se calmer. Je me préparais à ajouter qu'elle devait me respecter, que c'était moi qui payais tout, mais elle s'était déjà de nouveau jetée sur moi, elle avait empoigné mes cheveux près de la nuque, comme la pire des soûlardes sud-américaines, et continuait comme ça à crier, la bouche presque collée à mes yeux ouverts, et alors j'ai ressenti une véritable panique, parce que j'ai compris que sa rage était tournée contre elle-même, contre quelque chose qu'elle cachait, contre une humiliation dont je faisais partie sans le savoir.

Et c'est là qu'elle a craché sur moi. J'ai fermé les yeux. Je suis retourné pendant un instant à peine perceptible à la cour du collège, aux raclées reçues, aux enfants dont tu n'as pas pu me protéger parce que tu étais morte et enterrée. Elle m'a craché au visage, et mon corps a enfin réussi à se connecter à son animalité, à sa colère, et je l'ai repoussée le plus violemment possible, elle a reculé de trois pas mais elle n'est pas tombée et elle a lâché un éclat de rire vitreux, pareil à un rire d'outre-tombe, tandis qu'elle me regardait de haut en bas et crachait encore une fois, maintenant sur la table de maman. Avant que je puisse réagir, elle s'est balancée sur moi, mais dans son mouvement elle a trébuché sur un tapis et a perdu l'équilibre, son avant-bras a heurté la petite table, elle a jeté un regard du côté de la douleur et ensuite m'a regardé et je lui ai crié, comme si c'était moi qui avais mal, qu'elle la ferme une bonne fois pour toutes, qu'elle se calme et s'assoie.

Son regard m'a balayé de la tête aux pieds et elle a craché une troisième fois. *Tu sais tout, espèce d'enculé, tu sais tout mais tu n'as pas eu les couilles de nous envoyer les flics, tu sais tout, espèce de bite molle, et si tu veux me voir à poil, tiens, voilà. Pédé.* Et elle a déchiré son chemisier, a enlevé son pantalon et l'a jeté dans un coin de la pièce, elle a descendu son tanga et j'ai pu voir la touffe luisante entre ses jambes et comme ça, avec les vêtements déchirés, les jambes écartées et les mamelons plus sombres que jamais (attendant que quelqu'un qui n'était pas moi la viole), elle m'a obligé à tout comprendre, enfin.

L'invraisemblance de toute notre histoire. Son corps nu déambulant entre le séjour et la salle à manger de son appartement sans aucune raison. Les informations précises sur son célibat et sur tous ses mouvements dans la rue, transmises à la Roumaine de l'épicerie pour qu'elle me les donne sans filtre. L'invraisemblance de la rencontre fortuite dans le parc et des sourires coquets dans l'épicerie. Les caresses et les plaisanteries et les rencontres d'amoureux innocents, ensuite. Et bien sûr, les caméras soudain aveuglées. Ça ne pouvait pas être possible, mais ça l'était. Elle savait tout. Depuis le début, elle savait tout. J'ai essayé de m'asseoir mais j'ai perdu l'équilibre.

3

Assis par terre, je n'ai pas réagi quand elle s'est mise à hurler à quelques centimètres de mon visage puis d'un peu plus loin. Je n'ai pas réagi quand, tout contrôle sur elle-même perdu, répétant insultes et malédictions, frappant sa poitrine nue, elle a jeté contre le sol la petite table du séjour et brisé ton vase. À tout ce qu'elle a voulu vomir, je n'ai pas réagi. Je n'étais plus là. Je leur ai tourné le dos : à ses cris, à son corps titubant entre les meubles. Je suis allé aux toilettes et j'ai essayé de pisser, mais la peur m'en a empêché. Je me suis rincé la figure sans un regard vers la glace.

Quand je suis sorti, elle s'était endormie sur un tapis, les deux mains sous la joue, le sourire d'une morte sur son visage. J'ai passé deux heures assis sur le canapé, comme si c'était moi qui étais soûl, à l'entendre ronfler, et je suis enfin parvenu à me convaincre que rien ne s'était passé. Ce n'était que ma paranoïa. Un cocktail inattendu d'effets secondaires de tous les comprimés et l'intolérance à l'alcool. Rien ne s'était passé, vraiment. Irina, trop soûle et rien de plus. Irina cherchant n'importe quelle insulte pour m'humilier. Il était impossible que ces brutes sachent quoi que ce soit de moi. Même si le père ou les frères avaient trouvé les micros et les caméras, comment auraient-ils pu remonter jusqu'à moi ?

J'ai laissé bouillir de l'eau avec beaucoup de thé, j'ai avalé cinq milligrammes de Xanax et vingt milligrammes de Zyprexa, je me suis douché à l'eau froide avant de m'enfermer à clé dans mon bureau et de m'asseoir devant l'ordinateur. J'ai passé trois heures à réécouter les extraits significatifs de la bande-son, je les ai comparés aux pages de ce journal pour savoir quand s'étaient déroulés les événements dignes d'attention dans l'appartement des brutes. Je les ai trouvés.

1) Le père avait touché Irina.
2) Irina s'était fait un petit ami.
3) Son frère lui avait donné une raclée.
4) Son frère était allé en prison.
5) Irina avait connu le Corse.
6) Les caméras et les micros s'étaient arrêtés.
7) Le Corse en prison avait rompu avec Irina.
8) Irina était venue vivre avec moi.
9) Son père s'était fait dérouiller de manière professionnelle.

Quelque chose clochait.

J'ai essayé de respirer profondément, d'accuser les comprimés, la paranoïa, l'alcool, le manque de sommeil. J'ai parlé à voix haute et j'ai été encore davantage effrayé en entendant ma propre voix. Je me suis giflé pour ne pas m'étouffer de peur. J'ai écouté huit ou neuf fois ces extraits audio significatifs, jusqu'à ce que, enfin, alors que l'air commençait à me manquer, je trouve la première preuve.

Le problème se trouvait sur la bande-son de la supposée raclée administrée par le frère. J'ai dû me mettre debout, j'ai eu envie de vomir, j'ai dû marcher dans le bureau, les yeux fixés au sol, les poings et les mâchoires terriblement serrés. Ils l'avaient enregistrée. Ce que j'avais entendu, le cœur prêt à éclater, abattu par le destin de la pauvre Irina, ce n'étaient que des enregistrements.

Sans m'asseoir, j'ai augmenté le son de ces quelques secondes au maximum. Plus bas, sous le son, on pouvait entendre un murmure. C'était Irina, c'était la voix d'Irina, son rire, en même temps que l'Irina préenregistrée criait comme si son frère la fracassait contre les murs.

J'ai essayé de trouver d'autres preuves dans les autres extraits audio, mais, excepté le fait que, lors de chaque situation dramatique, la qualité du son diminuait, et qu'il y avait quelque chose de lointainement décalé entre les émotions que les personnages devaient ressentir et l'intensité avec laquelle leurs voix les exprimaient, je n'ai rien trouvé.

Je me suis répété (j'entendais ma propre voix brisée qui le disait, à voix haute) que ce n'étaient que les comprimés et le manque de sommeil. Je me suis dit, comme enfermé dans un cauchemar qui ne voulait pas prendre fin, que, peut-être, le rire que j'entendais dans le fond, dans l'enregistrement des coups du frère, n'était pas celui d'Irina : qu'il provenait d'une télévision ou d'une radio allumée dans l'appartement de ses voisins.

Je me suis dit que, s'ils avaient voulu me tromper, ils n'auraient pas été aussi maladroits pour passer un enregistrement de mauvaise qualité contre les micros et parler en même temps. Mais je n'y croyais plus. Mon corps a alors fait ce que ma tête ne pouvait pas. Sans que je le lui demande, il s'est chargé de colère, d'une rage inconnue, beaucoup plus grande que moi, définitive, une rage qui a aiguisé mes sens comme si je me transformais réellement en une bête acculée dans son terrier.

J'ai révisé toutes les vidéos choisies. L'impact m'a fait me tordre de douleur. La meute de loups sud-américains, avec la belle Irina à sa tête, s'était enfin décidée à m'attaquer. Depuis le début, sous mon nez, sans prendre la peine de le faire avec précaution, ils m'avaient trompé. Comme si tout avait été une blague, comme si ce qu'ils avaient voulu c'était être découverts pour se foutre de moi.

Les temps superposés sur l'image, en petits chiffres rouges dans le coin droit de l'enregistrement, ne coïncidaient pas. Après la correction du frère, deux minutes et cinq secondes, Irina retournait à la scène de la chambre, avec une pommette et un œil violacés. Deux minutes et cinq secondes. Il était physiologiquement impossible que, dans ce laps de temps, la peau soit tuméfiée ou qu'elle se violace.

Les images sur l'écran montraient maintenant Irina fuyant dans sa chambre, maquillée comme après une raclée, Irina s'allongeant sur son lit, sanglotant, hurlant presque. Mais il y avait quelque chose de forcé, d'artificiel dans ces hurlements. Mes sens hyper-aiguisés ont trouvé alors ce qu'il était presque impossible de trouver. Un éclat sur la surface argentée de la lampe sur la table.

J'ai ouvert la vidéo avec le programme de montage, j'ai zoomé et ils étaient là : c'étaient les visages de deux personnes de plus, de deux hommes, leurs reflets déformés par la surface convexe de la lampe, mais assez nets pour voir leurs grands sourires de cauchemar.

*

J'ai passé trois heures de plus, jusqu'à 11 h, à écouter des extraits audio avec les écouteurs sur les oreilles. Jusqu'à ce que je trouve la deuxième preuve et je n'ai eu besoin de rien de plus. Ce qui m'avait été présenté comme une scène de sexe entre Irina et son invité pédant était un enregistrement. Une femme gémissait, mais ce n'était pas elle, ce n'était pas sa voix. J'ai augmenté le son, j'ai supprimé les distorsions et ralenti la vitesse d'un cinquième. C'était un film pornographique. La femme du film gémissait, mais Irina et ses frères n'avaient pas pris la peine de choisir une scène adaptée : non seulement on entendait les mugissements de l'homme et les piaillements de la femme avec une voix qui ne pouvait pas être celle d'Irina, mais on pouvait percevoir, au fond, presque imperceptibles, les gémissements d'un autre couple lors de ce qui devait certainement être une scène d'orgie, dans une vidéo diffusée très près des microphones.

*

Il était 11 h 14 quand j'ai terminé.

Irina était toujours inconsciente.

Je l'ai traînée jusqu'à mon lit et j'ai avalé cinquante milligrammes de Midazolam. Je me suis couché sur le canapé. Je me suis levé à 17 h. Elle était déjà partie. Je n'ai pas su si elle savait déjà que j'avais tout découvert (je n'ai pas su si elle pouvait se rappeler ses hurlements du matin, ses insultes, sa bouche crachant sur moi, mon visage horrifié). J'ai lavé tout son linge et ses serviettes de bain, j'ai nettoyé la maison de son odeur, j'ai cru qu'elle ne reviendrait plus.

À 23 h, alors que je me torturais en regardant de nouveau toutes les vidéos et en écoutant toutes les bandes audio, les unes après les autres, depuis le début, elle est entrée avec sa clé, comme si rien ne s'était passé. Elle portait un tee-shirt sans manches, noir, très court, qui laissait voir ses épaules fortes et la pente douce sous son nombril. Elle s'était fait une tresse et avait encore une tête de lendemain de cuite, la tête de quelqu'un qui n'a pas dormi suffisamment. Elle apportait un grand bouquet de fleurs, des gardénias mêlés à des tiges d'eucalyptus.

Épuisée, amaigrie, pâle : elle avait vraiment l'air de n'être que cette adolescente innocente et perdue par la faute de la vie en ville, et non la femme qui avait programmé les détails de ma destruction. Je l'ai vue par l'entrebâillement de la porte du bureau. Elle ne s'est pas approchée pour me saluer, et, très peu de temps après, j'ai entendu couler la douche et je l'ai imaginée nue, se savonnant, essayant de savoir si j'étais désormais conscient de la mystification.

Elle s'est directement rendue dans la cuisine. Le hip-hop en français des Arabes a empli l'air et s'est mêlé à l'odeur des haricots rouges avec du porc. J'ai fermé la porte du bureau, j'ai ouvert les fenêtres et je me suis assis sur le sol, les yeux fermés, tâchant de me concentrer sur ma seule respiration. Quand elle m'a appelé pour dîner, je n'ai pas répondu. Elle a insisté, elle a frappé à la porte. En prenant la voix la plus normale que j'ai pu, sans ouvrir les yeux, je lui ai dit que j'avais déjà mangé et je l'ai remerciée. Tandis qu'elle s'éloignait dans le couloir, j'ai crié en plus qu'elle aille dormir, que j'allais passer toute la nuit à travailler.

Détendu, comme si l'imminence de la fin apportait avec elle la paix, je me suis connecté à Internet. Je me suis laissé abrutir par toutes ces couleurs, ces bruits, ces mouvements, cette musique et ces paroles enregistrées et dites et écrites (et par les vidéos, toujours le meilleur remède : des hommes et des femmes maladroits se cassant la figure de mille façons différentes ; des hommes et des femmes pratiquant des sports difficiles ; des hommes et des femmes chantant dans des concours comme si leur vie en dépendait ; des hommes très bronzés forniquant avec des femmes absentes).

Il n'était pas 1 h du matin quand je me suis endormi sur la table du bureau, reposant sur mes avant-bras. La sonnerie du téléphone m'a réveillé. Il était presque midi, elle était sortie très tôt et maintenant elle voulait que nous déjeunions dans un restaurant turc pour gens friqués de la rue de C, près de l'Opéra. Je lui ai dit que c'était d'accord.

*

Elle n'avait pas de souvenirs de ce qu'elle m'avait dit, ou alors elle faisait très bien semblant. Elle m'a parlé de son cours de secrétariat, des vêtements qu'elle se proposait d'acheter cet après-midi même. Je l'ai écoutée avec le sourire attendri qu'un père a pour sa fille espiègle. Elle a commandé une bouteille de vin et m'a fait boire deux verres. Nous avons trinqué, et nos sourires avaient l'air sincères.

Une fois de retour à l'appartement, vers 15 h, elle m'a masturbé sans succès, jusqu'à ce que je sois obligé de la repousser avec délicatesse pour pouvoir sortir. Je lui ai dit d'aller dormir, que je la verrais plus tard, et je me suis mis à marcher. Rue de C jusqu'à B, de B jusqu'à FS-M, parvenu aux immenses portes de la vieille gare ferroviaire de PE, puis de retour par le boulevard de S, par la rue de M et par FM jusqu'à la colline de M.

Une fois sur la colline, j'ai parcouru toutes les ruelles, tous les escaliers des rues, tous les sentiers, sans pouvoir détacher mon regard de l'église et de son étrange tour slave, conscient d'être pris dans un vertige, de suffoquer, d'être perdu (ici et en général dans le monde, dans un ordre des choses qui m'était plus étranger et plus hostile que jamais). Finalement, tombé par hasard sur la rue du FM, à bout de forces, j'ai accepté de reprendre le même chemin pour le retour, sachant déjà que j'avais trop peur pour dessiner une fois chez moi la forme parcourue ou pour examiner les noms de ses rues.

*

Irina a cessé de me chercher pour baiser. Elle croit que je suis devenu impuissant et elle sait que ça n'a pas de rapport avec elle (elle est toujours aussi désirable, peut-être plus encore maintenant qu'elle a claqué mon argent en vêtements très chers, en coiffures à la mode, en épilations sans cesse recommencées des jambes et des sourcils, et d'une partie du con aussi). Je l'observe sans qu'elle s'en rende compte et je la désire et j'aimerais avoir assez de force de caractère pour oublier ce qu'elle m'a fait et ce qu'elle veut me faire, pour la regarder dans les yeux, en sachant qu'elle me trompe et, ainsi, mes yeux fixés dans ses yeux, la pénétrer très lentement. Mais je ne suis pas comme ça. Je suis beaucoup moins que ça, je suis un type qui a honte des mots « pénétrer » et « con », un type qui, au lieu de devenir furieux lorsqu'il est acculé contre un mur, se renferme et perd le désir de vivre.

*

La ville a l'air différente lorsque vous savez ce qui va lui arriver.

À 10 h 30, comme tous les dimanches, je sors acheter le journal. Je suis sorti, il y a de nombreuses heures, mais je sors maintenant dans le souvenir. Je m'apprête à sortir, dans ces mots qui sont la réalité après la réalité, la réalité purifiée, décantée, parfaite.

Il m'a semblé être capable, dès que je me suis mis à descendre les escaliers, de sentir le frisson du temps sans temps qui s'approche. Je le sens, je le vois si nettement dans le présent, je suis enfin capable d'accepter que la trame élimée et fragile de la réalité finisse de s'effilocher et que ce soit moi qui prenne congé du monde. Avant d'ouvrir le portail, je peux imaginer le vide immense de la rue, les lignes droites de la distance entre les personnes, le ronronnement des quelques rares voitures égarées sous la pluie. Je referme la porte derrière moi et j'avance à grandes enjambées, penché en avant, contre le mauvais temps.

Cinq ou six minutes ont passé et je crois que je suis sur le point d'arriver, je regarde les rideaux baissés des commerces fermés. Je n'ai franchi que deux pâtés de maisons. Je passe devant la gueule ouverte de la ruelle obscure qu'il y a entre deux bâtiments qui ont été des bureaux, lorsque le vent disparaît. Pendant que j'attends que le feu passe au rouge, sans regarder autour de moi pour ne pas être pris de vertige, la pluie à son tour cesse. Je lève les yeux et la solitude est absolue. Comme si la race humaine avait été exterminée et qu'il n'y avait plus que moi. Pas un seul bruit. Je ne peux me concentrer sur rien d'autre que sur cette immense charge du ciel, tout ce poids gris sur le point de tomber sur le monde pour tout détruire.

Lorsque je parviens au coin de la rue, ils réapparaissent tous, comme répondant à un battement de mains cosmique : le vent et la pluie et les personnes. Elles sont nombreuses, habillées de noir, assemblées en petits groupes de quatre ou cinq. On dirait des vautours, attendant en silence sous les auvents et les balcons, jusqu'où porte le regard. Je passe très près de ceux qui sont les plus proches, je vois qu'ils sont blancs et jeunes, qu'ils ne sont pas du quartier. Ils parlent à voix très basse, vite.

Parfois l'un d'eux s'écarte du groupe et maudit ou implore le ciel gris et y retourne. J'arrive devant la façade du restaurant philippin et je comprends : ce qu'ils regardent, ce sont leurs téléphones portables. Parfois ils partagent un seul écran à plusieurs. Je ne peux presque pas voir leurs visages, leurs rares expressions rigides et effrayées, perdues parmi les ombres. Il y a un grand pâté de maisons jusqu'au kiosque à journaux, lorsqu'un homme à bicyclette surgit dans mon dos et passe presque à me toucher. Je sens le bruit des roues et du corps coupant le vide, sa silhouette, ces vêtements qui se déplacent et hérissent les poils de ma nuque. Je reste immobile, je le regarde s'éloigner puis disparaître à l'angle de rue suivant.

Je crois comprendre que le ciel est sur le point de me tomber dessus et je marche plus rapidement, croyant que je pourrai conserver mon calme si je me concentre uniquement sur le rythme de mes pas, de mes jambes tendues, de mes chaussures pataugeant dans les flaques d'eau. Cependant, bien malgré moi, je peux voir aussi ce qui me traverse l'esprit, ce qui m'attend, dans quelques secondes : le visage bouffi du marchand de journaux, sa main si rose et si fragile.

*

Je fais trois longues enjambées et m'arrête devant le creux que laissent les montagnes de magazines. J'attends. Lorsque la main me remet le journal, j'ai l'intuition de ce qui vient et je transgresse la coutume. Je l'ouvre sur les lieux mêmes et, en lisant les premiers mots, je comprends ce que regardent les groupes de vautours-hommes sur leurs téléphones portables et pourquoi le marchand ne m'a même pas salué. Avant-hier soir, en une attaque coordonnée, trois Arabes sans barbe ont d'abord mitraillé des terrasses de bars et de restaurants, puis se sont fait exploser, faisant plus de quatre-vingts blessés et tuant trente-neuf personnes. Trois autres se sont fait exploser dans la foule qui assistait à un match de l'équipe nationale de football, mais ne sont arrivés qu'à arrêter le match, à tuer un supporter et toucher neuf personnes. Les trois derniers sont entrés dans une salle de concert pleine et ont poursuivi les spectateurs massés dans les balcons, sur la scène et dans la fosse, pendant quarante minutes, ils ont mutilé trente-cinq personnes, en ont tué quatre-vingt-neuf et blessé plus de deux cents.

Tout prend sens dans la rue arasée par le vent violent. Je frissonne et je ne peux plus réprimer la première de nombreuses larmes. La guerre, notre guerre si souvent promise, a enfin commencé.

*

L'élection d'un symbole, la finition des anges, les trois machines parfaites de ma fête d'adieu. Je n'ai fait aucune erreur dans mes calculs. L'ennemi lui aussi a fini ses réglages, et la ville sera la scène où la frontière entre le bien et le mal sera inscrite avec du sang.

Le dernier voyage à la ferme est programmé à 15 h, mais alors que je m'apprête à déjeuner, Irina arrive. Elle disparaît dans la chambre et c'est mieux comme ça. Elle a certainement dû déjà manger avec les conspirateurs. Je suis en train de finir la vaisselle quand elle se presse contre mon dos. Je me sèche les mains, je me retourne et je la vois : elle ne porte que des sous-vêtements, en soie, neufs, et avant que je puisse me débarrasser du tablier elle m'entraîne déjà, comme le toutou que je suis, dans le couloir, et nous entrons par la seule porte qui ne devrait pas être ouverte.

La serrure n'a pas été forcée. Elle n'a laissé aucune trace. Irina est entrée dans ta chambre et a changé de place tous tes meubles. Elle a changé les draps de lit. Elle a ouvert les fenêtres, a empli la garde-robe de ses affaires et a fourré les tiennes dans des sacs poubelle. Je veux la punir, la cogner comme elle le mérite, la foutre dehors, mais elle est déjà à genoux, elle m'a baissé le pantalon et me badigeonne la verge avec un onguent qui sent très mauvais. Je ne veux pas. Ensuite, elle se met debout, m'ouvre la bouche avec sa langue et y glisse un minuscule comprimé. Ça se dissout immédiatement et je crois qu'elle m'a empoisonné, mais, au lieu de tomber raide mort, j'ai une érection douloureuse, incontrôlable.

Irina s'étend sur ton lit, écarte très grand ses jambes et se masturbe, seule, jusqu'à ce qu'elle jouisse. Ensuite, elle s'approche de moi en marchant à quatre pattes, se redresse. Elle prend ma verge dans la bouche.

*

Pendant que je me douche, je décide de repousser le dernier voyage.

Je ne m'en irai pas avant de tout savoir.

Pour quelles raisons veulent-ils me berner ?

Que savent-ils de moi ?

Que veulent-ils ?

Jusqu'où sont-ils prêts à aller pour me détruire ?

L'opportunité se présente à moi plus tôt que je ne l'espérais, deux jours après. Au beau milieu d'une conversation, sans avoir fini son plat de riz avec de l'agneau, sur la terrasse d'un restaurant arabe, Irina décide d'aller aux toilettes pour se refaire une beauté. Je reste seul sur la terrasse. Je regarde tout de suite autour de moi, je prends son sac à main, retire le portable, le glisse dans la poche intérieure de ma veste, puis je marche lentement jusqu'au coin de la rue et disparais de son champ de vision. Je réapparais cinq minutes après, transpirant comme moi seul sais le faire, tremblant de manière totalement vraisemblable, et je lui dis que deux Arabes sont passés en courant et qu'ils ont pris son sac à main et l'ont balancé sur le trottoir lorsque je les ai poursuivis. Elle n'a aucun doute. Elle me le prend des mains, soudainement décomposée. Avant même de mettre la main dans le sac, elle sait que le portable n'y est pas.

*

Il s'agit de me tuer et de tout me voler.

C'est un plan simple, prévisible, bien pensé.

Et il fonctionne.

*

Tout est dans le téléphone.

Depuis le début, Irina savait que je la suivais et elle l'avait dit au plus jeune de ses frères, qui n'avait accordé aucun intérêt à ce fait. Plusieurs semaines après, Irina avait découvert les caméras par hasard, en se préparant à faire le ménage. Alors, en faisant très attention, elle avait démonté les uns après les autres toutes les caméras et tous les microphones. Ensuite, elle avait envoyé un texto aux autres, où elle affirmait être convaincue que c'était moi, le voisin pervers, qui les avais placés.

Ses arguments semblaient logiques : les caméras se trouvaient dans sa chambre et dans la salle de bain, il n'y en avait aucune dans les lieux communs ni dans les chambres des hommes. C'était moi l'intrus. Le fou du bâtiment du fond, qui ne voulait que la voir nue pour se masturber. Le frère cadet avait pris l'initiative. On pourrait lui foutre une raclée à mort, affirmait-il, mais on pourrait aussi se servir de cette obsession contre lui.

Les deux autres hommes avaient maintenu que ce ne pouvait pas être moi. Pour prouver qu'il avait raison, le cadet avait eu quelques jours plus tard la brillante idée de demander à son frère aîné de faire semblant de donner une correction à Irina. Il avait écrit que si c'était moi le voyeur, comme il le pensait, je réagirais immédiatement. Il avait sous-estimé ma détermination. Quand le frère aîné avait été arrêté, ils s'étaient rendu compte à quel point j'adorais la petite Irina : je ne me contentais pas de me masturber en la regardant, j'avais aussi décidé de la tirer de cette bauge à laquelle ils l'avaient condamnée.

*

Soudain, dans la multitude de messages, mes yeux tombent sur le mot « ferme ». Je lis en tremblant de peur ce message et tous ceux qui suivent immédiatement. S'ils m'avaient suivi jusqu'à la ferme, je n'aurais pas d'autre choix que de leur remettre tout en échange de rien (en échange de la prison, certainement).

Ils n'avaient pas été suffisamment intelligents ou avaient décidé de ne pas en savoir davantage. Dans les messages était noté que je possédais un bout de terre avec une grange où je me rendais tous les mardis à la même heure. Qu'ils étaient allés jusqu'au village un mercredi pour s'assurer que cette terre était bien à moi. Que les paysans leur avaient répondu qu'elle était à moi. Et rien de plus.

En revanche, les messages qui suivaient ne laissaient pas de place au doute, et il est déjà trop tard pour se laisser paralyser par la panique. Ils avaient pénétré dans mon appartement pendant mon absence. Ils avaient visionné tous les montages vidéo. Ils avaient emporté une copie pour pouvoir me faire chanter si, à un certain moment, la situation l'exigeait.

En découvrant ce que je faisais, en voyant sur les vidéos leur sœur nue, leur sœur en train de pisser, leur sœur allongée sur son lit en fixant le plafond, leur sœur se déshabillant pour aller sous la douche, ils m'avaient haï encore davantage et s'étaient proposé non seulement de me voler, mais, de plus, de me tuer.

Ils avaient décidé que ça se passerait dans trois semaines. Le dernier vendredi du mois, à 21 h. Au moment de l'exécution du plan, Irina devait se trouver loin, dans une cité de la banlieue. Elle devrait revenir quand je serais mort. Ils ont tout bien calculé : ils feront en sorte que ça ressemble à un vol auquel j'aurai voulu m'opposer avec le pistolet inoffensif qu'Irina m'a donné.

Lorsque j'essaierai de le faire, lorsque je voudrai faire feu et que je ne le pourrai pas, ils m'assassineront et feront main basse sur les bijoux et les appareils électroménagers. Les véritables objectifs, bien sûr, sont l'appartement lui-même, les comptes bancaires et la ferme. Ils seront à eux si Irina parvient (grâce au sexe, à l'alcool, en faisant sa plus mignonne tête de petite fille sans défense) à me faire rédiger un testament.

*

Je passe trois jours à la ferme. Je prodigue les derniers soins aux sillons, je désherbe, j'asperge d'insecticide, j'arrose. Lorsque je ne serai plus là, une magnifique récolte de légumes rappellera au monde (aux policiers, aux journalistes, aux citoyens qui regarderont la télévision) que la vie, la grandiose vie des champs dans la vieille république, poursuivra son cours avec ou sans les êtres humains.

Je ne mange pas, je ne bois pas, je ne me repose pas, pendant ces trois derniers jours. C'est une préparation au sacrifice qui m'attend, mais aussi un hommage à tous les martyrs du continent : on verra à la télévision la lumineuse profondeur de mes sillons, les plantes poussant, heureuses, leurs fruits.

Une fois achevés mes travaux agricoles, je reviens à mes sculptures. Elles sont parfaites, ou alors c'est le jeûne et la fatigue qui me les font voir comme ça. Elles sont si parfaites qu'elles me font pleurer en imaginant mon destin héroïque, si proche du leur.

Avant de retourner à la ville (lavé de toute saleté, dans l'attente seule que me soit indiquée l'heure de ma mort), j'arrose la grange d'essence et j'y mets le feu. Je ne m'attarde pas à regarder. Je l'imagine, en revanche, ému jusqu'aux larmes, dans le train : les hautes flammes, la tombée du jour, la plus triste des fêtes d'adieu.

J'ai laissé les statues prêtes dans leur emballage de bois, enveloppées dans de grands sacs en plastique, chacune avec leurs tracts, cachées entre les rouleaux de foin frais.

*

Je ne peux pas prendre congé de toi, mon Eva.

Je ne suis pas digne de voir ton visage, dans ces rêves non plus.

Tu sauras bien me pardonner lorsque nous nous retrouverons dans l'au-delà et que nous aurons toute l'éternité à notre disposition.

*

Elle est arrivée avec un minishort très moulant, vert, qui laisse voir la courbe de ses cuisses rejoindre ces fesses denses et dures. Elle ouvre avec ses clés, passe devant l'ordinateur, va jusqu'à ma veste accrochée au portemanteau, en tire mon portefeuille et prend un billet de cinquante euros. Sans ouvrir la bouche, sans dire bonjour, sans rien me demander.

Je fais semblant que je n'en ai rien à faire. Je fais semblant d'avoir faim même s'il est 11 h 30 du matin. Je me mets debout, je sors du réfrigérateur du beurre, du pain en tranches, du fromage à tartiner et du jus d'orange. Je suis en train de me préparer le deuxième petit déjeuner de la journée quand elle entre dans la cuisine et me dit de bouger de là pour qu'elle puisse prendre un couteau dans le tiroir qui est devant moi.

Je lui dis que je ne peux pas me déplacer, je suis en train de me faire des toasts. Elle me pousse mais je reprends ma place tout de suite. Je n'ai pas le temps pour ça, me dit-elle en me poussant cette fois-ci avec force, ouvrant le tiroir violemment et prenant un couteau en argent du service de couverts que maman et papa avaient reçu le jour de leur mariage.

Je reste concentré sur le grille-pain. Je ne la regarde pas. Quand le pain toasté saute de la machine, je vais aux toilettes. Parce que j'ai envie de pisser, bien sûr, mais aussi parce que je veux savoir ce qu'elle fait. Et ce qu'elle fait c'est essayer de retirer une vis d'une cheville enfoncée dans le mur en la faisant tourner avec le couteau en argent, pour mettre à sa place une patère.

Lorsque je sors des toilettes, je lui dis, sur le ton monocorde qu'emploient les vieux maris, que je lui ai répété mille fois de ne pas se servir des couverts pour bricoler dans la maison, qu'il y a pour ça des outils, que même une Paraguayenne à moitié analphabète comme elle peut comprendre ça.

Elle ne me répond pas, elle persiste à essayer de dévisser sans résultat. Je le lui répète : des outils, Irina, des outils. Elle m'ignore, mais c'est sans doute la colère qui lui fait imprimer une torsion du poignet si forte que la pointe du couteau se plie et qu'elle se cogne les jointures de la main. Je lui dis : très bien, maintenant remets ce couteau à sa place. Puis j'entre dans les toilettes pour ne rien y faire.

Lorsque je sors, elle continue d'essayer de dégager la vis, à présent avec un autre couteau, lui aussi en argent, lui aussi à maman. Elle tente de me provoquer et son effort m'émeut. J'essaie de le récompenser en m'approchant d'elle pour lui enlever, d'une main pour une fois ferme, ce couteau qui n'est pas à elle, qui n'est même pas à moi.

Bien sûr, elle ne me laisse pas le saisir, et nous luttons, je referme ma main sur ce que je crois être le manche du couteau, mais qui est le fil de la lame. Je m'entaille la paume de la main droite et le couteau tombe au sol. Elle sait ce qui s'est passé mais elle ne me regarde pas. Elle est sur le point de se baisser, et ce qui me fait agir, avec une force bien plus grande que la mienne, est la surprise et la colère à cause de la douleur, mais aussi l'amour que j'ai pour elle et la haine de me transformer en ce en quoi elle m'a transformé.

Je ferme la main et la presse contre ma poitrine un instant avant de la lancer de haut en bas. Le coup lui casse le nez. Elle reste immobile à me regarder, habituée comme elle est à la violence d'un destin qui finira par la détruire, elle, comme toutes celles de sa race et de sa classe. Je ne peux pas croire que j'ai été capable de faire ce que je viens de faire, je lève ma main, l'approche de mes yeux et voilà ce que je vois : une coupure très profonde d'où par saccades jaillit un sang trop épais pour être réel.

Ça ne fait pas mal. Je sens le coup de pied qu'elle m'a donné au genou et je fais un pas en arrière, et tout l'amour que j'ai pour elle, cette force qui peut nous déchiqueter ici, maintenant, me propulse en avant, je la jette sur le sol, m'assois sur son ventre et commence à la cogner. D'abord sur le front, mais en voyant le sang qui coule de son nez je frappe là aussi, et sur les oreilles quand elle se retourne, et sur la bouche.

Le sang m'excite, mais il l'excite elle aussi à ce point qu'elle use d'une force que je ne peux pas contrôler, qui semble venir du centre de ses entrailles, et elle me renverse sur le côté et me donne un coup sec sur la nuque avec le candélabre en argent de maman, et un autre, et encore un autre, sur le crâne, sur le cou, sur le dos, jusqu'à ce que je sente nettement comment elle m'a fendu le cuir chevelu et, encore plus excité, je remarque comment le sang coule derrière mon oreille, comment il tache ma chemise, ma poitrine sous la chemise.

Alors, sans être préparé, toute la douleur arrive sur moi. Une seule vague de douleur : celle de la main coupée, celle du genou contusionné, celle du crâne ouvert. Je me jette sur elle, mon visage est très près du sien et je me rends compte que je peux être plus fort (plus fort qu'elle et plus fort que moi-même) et ainsi, dans l'extase de ma propre puissance, sachant soudain que la fin est très proche et que personne n'en a rien à faire de ce que je ferai ou ne ferai pas, je mords sa bouche. Une morsure franche, de toute la force de mes mâchoires, qui lui laisse une coupure ouverte à la lèvre supérieure.

Je sens le goût âpre de son sang et je me rends compte qu'elle vient de me cracher au visage, un crachat de bave et de sang, mais qu'en même temps elle m'enserre entre ses cuisses et qu'elle a descendu ses mains sur mon dos et me presse contre elle. Je ne peux pas me maîtriser. Sans décoller mon visage du sien, je descends mon pantalon, elle fait la même chose avec son short, ouvre très grand les jambes sans enlever son sous-vêtement et s'arque tout entière quand je la pénètre.

Elle me regarde fixement dans les yeux, les siens sont plus noirs et plus vivants que jamais, enveloppée de cette peau recouverte de sang, elle gémit de plaisir mais aussi de douleur et de haine et de rage (j'imagine que c'est sa manière de dire pardon, de prendre congé pour toujours de moi, de m'adresser avec tout son amour à la mort certaine, et tout cet amour m'excite encore plus).

Elle gémit comme une bête à l'abattoir, mais sans fermer les yeux, sans cesser de me fixer tout en me pressant contre elle, tout en m'empoignant les cheveux des deux mains, en me collant à sa bouche pour que nous puissions partager le sang mêlé en nous regardant fixement l'un l'autre, en nous haïssant, en nous imaginant nous mordre et nous entredévorer.

Nous jouissons en même temps et je ferme les yeux une seconde, et lorsque je les rouvre je vois que sous son regard éperdu de haine et de douleur, dans ses yeux trop ouverts fixés sur les miens, il y a aussi quelque chose qui ressemble à la peur (la peur que lui causait son destin, mais aussi le mien : la peur du vol, de l'humiliation, de la mort violente qui m'attend).

Elle m'aime.

Les mots surgissent, comme ça, parfaitement clairs, dans mon esprit.

Irina m'aime.

Alors que je m'apprête à l'enlacer, elle semble comprendre ce que j'ai compris.

Elle me repousse et s'en va, couverte de mon sang et de mon sperme, pour ne pas avoir à me voir plus longtemps.

*

Le lendemain matin, après une nuit pareille à la mort grâce à l'effet combiné de mes trois somnifères préférés, je me décide à écrire ce qui suit, la fin, ma fin entre les mains des Paraguayens, exactement comme cela se déroulera.

La succession des actions est très simple :

1) Le père d'Irina me tuera.

2) Je les aurai auparavant blessés, lui et son fils aîné.

3) Blessés, la police les trouvera tôt ou tard.

4) La belle Irina sera elle aussi arrêtée, si les policiers sont compétents, ou vivra de manière clandestine et misérable dans la vieille république, ou une vie plus misérable et moins clandestine au Paraguay. Dans tous les cas, elle me tiendra pour responsable de tous ses malheurs et aura l'heur d'être, bien malgré elle, l'héroïne tragique de cette vie, la mienne, dévouée, depuis bien avant de la connaître, à la plus noble de toutes les causes.

Je l'écris donc ici, du mieux que je peux, pour me convaincre que tout se passera facilement (que m'a été concédée une absolue autorité morale, pour pouvoir relever le dernier défi, avant la fin).

Ça se passera donc ainsi, dans très peu de temps.

La porte d'entrée du bâtiment s'ouvrira, quatre étages plus bas et, dans la pénombre du séjour, qu'éclaireront seulement les lumières de la rue, l'homme solitaire du cinquième étage (moi) entendra les premiers pas et sentira passer un frisson sur sa nuque, sachant avec une parfaite certitude que la décision est collective et qu'elle a déjà été prise et qu'elle est sans appel.

Il se tiendra debout derrière la porte (les intrus auront certainement dû monter tout un étage tandis qu'il essaiera de se concentrer sur les pas, pour savoir si les émissaires ne sont que deux, ou s'ils sont plus nombreux, s'ils sont armés. Il n'y parviendra pas. La seule chose qu'il entendra ce sera sa propre respiration, qui lui rappellera celle d'un petit mammifère, celle d'un rongeur, très rapide, très courte).

Le corps en entier se détendra quand il percevra que le rythme des pas ne fait aucune pause, qu'il y a deux hommes et qu'ils ne se parlent pas. Ce sera alors, exactement à cet instant-là, qu'il comprendra combien sa dernière mission est facile. Le pistolet l'attendra. Lourd, noir, réel, chargé.

En pressant la crosse, en percevant l'odeur de la femme qui n'est pas là, il sentira quelque chose proche du bonheur. Un bonheur impossible à saisir, un bonheur très bref dans le contact de la paume de sa main avec le métal, dans l'odeur de la femme dans ce contact et dans le souvenir, plus bref encore, du goût de sa bouche en sang.

Il l'oubliera aussitôt parce qu'il entendra de nouveau le bruit des pas dans l'escalier. Il se dira qu'il est prêt, qu'il pourra tuer avant de mourir. Que ce sera ça son avant-dernier présent à la république. Il s'approchera de nouveau de la porte et il aura enfin le courage de l'ouvrir, d'avancer sa tête dans l'obscurité. Il sentira pour la dernière fois la peur en prenant conscience que les pas ont cessé.

Il aura la sensation qu'ils sont déjà là : sur le palier de son étage, dans le noir, sur le point de lui arracher la tête. Il croira qu'il la sauvera en la rentrant dans la pénombre de la pièce et à l'intérieur il serrera le pistolet des deux mains. Ce sera à ce moment-là qu'il entendra le claquement électrique des lumières de l'escalier.

Il s'écartera de la porte, concentrant toute l'attention sur ses propres jambes (sur ses cuisses, sur ses fesses contractées), et posera la glabelle contre le judas, sur la minuscule lentille qui lui permettra de voir ce qu'il se passera de l'autre côté, dehors. Il ne verra que la lumière intermittente et blanche soulignant trop, comme si elle les créait, le fer des contours de la rambarde, les carreaux des marches qui s'élèvent vers le dernier étage, le crépi crasseux des murs, un trou noir là où il y avait eu une ampoule et où il n'y a plus rien.

Ce seront les objets, de nouveau, comme toujours, qui le sauveront. Eux, les types de l'escalier, mais aussi les autres, ceux de dedans, séparant le solide du vide, le changeant du permanent : la porte blanche, le plafond beige, le pistolet noir. Il sera reconnaissant de la grâce de ces dernières secondes de lucidité, il s'assiéra par terre, s'appuiera sur une petite table qu'il aura disposée là pour y jouer la dernière scène.

Il calera son dos dans l'espace vide sous la table, la dernière vertèbre couverte de chair et de peau touchant la poignée métallique de l'unique tiroir, qui ne s'ouvrira ni ne se fermera plus, le pistolet encore serré entre ses mains. Il verra, sans le voir, comment la lumière blanche de l'escalier s'éteint une fois de plus et, sans les entendre, il saura aussi que les pas sont désormais très près.

Il fermera les yeux. Les gouttes de sueur lui couleront dans les yeux et cette image, l'image de lourdes gouttes se glissant entre ses cils, se mêlera dans son esprit avec celle des semelles des chaussures qui montent (certainement des bottes, des bottes noires, certainement très propres). Ce sera comme s'il avait dans le regard (dans le regard de l'imagination) une lentille amplifiante et il croira voir les particules de caoutchouc noir des semelles touchant les flocons de poussière.

Il installera mieux son cul et en sentant comment son corps récupère le centre d'équilibre, comment ses poumons laissent pénétrer ce qu'il faut d'air, il aura une unique certitude (une certitude plus forte que la réalité, comme envoyée du ciel, absolue mais légère) : il lui sera permis de tuer avant de mourir. Il ouvrira les yeux et imaginera l'apparence qu'il offre en ce moment, du dehors. Enfin fort et résolu. Le visage, son visage défait par l'insomnie, par la faim et les souffrances, sourira pour la première fois au cours de cette dernière nuit.

La sortie est là, se dira-t-il. Dans le barillet solide et prêt, serré entre ses paumes, dans le percuteur réparé et testé dans la ferme, dans le canon, dans le bout de l'index sur la détente, dans les six balles neuves. Le pistolet, froid, solide, noir, parfait, pourra viser la porte et blesser la jambe du premier des émissaires, avant que le deuxième ne s'enfuie ou n'entre pour recevoir la deuxième balle. Le seul voisin, l'écrivain déséquilibré du deuxième étage, n'entendra rien, ou entendra tout et rampera sous son lit en tremblant de peur.

Ce sera seulement pendant ces dernières secondes, quand il imaginera le voisin du deuxième, que le héros décidera de changer de plan. Il comprendra alors que l'option de la perfection lui a été accordée. Le monde entier, depuis le lieu privilégié des écrans des télévisions, des ordinateurs et des portables, pourra assister à l'explosion finale de la haine : des meubles de son appartement, des lampes, des taches de sang, de la porte défoncée.

Rien ne l'en empêche, se dit l'homme du cinquième étage, rien ne m'en empêche : il peut retourner le canon et le transformer comme ça en l'instrument définitif de la libération. Je peux l'introduire dans ma bouche, regarder dans les yeux les bourreaux, avec un sourire plus grand que le monde entier, et je peux me brûler la cervelle, comme le ferait un véritable héros tragique.

N

Je ne vois Irina qu'une fois de plus.

Elle entre dans l'appartement très soûle, elle se cogne contre les meubles. Lorsque je l'entends, je sors du lit et allume la lumière du séjour, comme si j'accueillais une enfant rebelle. Je regarde ses blessures comme auparavant j'avais regardé les miennes. Ce faisant, je vois aussi ses yeux et je sais qu'elle s'est soûlée seule, qu'elle l'a fait avec de l'alcool bon marché, au comptoir d'un bar obscur : qu'elle a compris, enfin, ce qui va arriver.

Elle me voit debout dans l'embrasure de la porte qui mène à la chambre et son visage se froisse en une grimace de douleur et elle se laisse tomber sur le canapé. Elle crie alors comme un chien blessé, avec des cris prolongés et intenses qui parviennent à me nouer la gorge. Je fais quelques pas jusqu'à ce que je l'aie de nouveau face à moi, jusqu'à ce que je puisse voir son visage.

Elle se redresse.

Elle fait trois pas péniblement jusqu'à moi.

Elle se laisse tomber sur les genoux, à deux mètres de mes jambes, et se penche encore davantage, étendant ses mains devant sa tête qui touche déjà le sol et ressemble à celle d'un Oriental en prière. Elle gémit, là, comme ça, avec le visage contre les très vieilles lattes de bois. Sa douleur me paraît authentique, et lorsque enfin elle se redresse, son regard semble me demander de la gracier.

Son regard le dit : elle veut que je la pardonne. Que je la pardonne pour tout. Et maintenant, elle gémit, le regard au sol, les lèvres tuméfiées très serrées, reniflant par le nez violacé, et il me semble que les gémissements sortent directement du ventre. Mon visage ne montre aucune émotion, comme si je ne savais pas ni voulais savoir de quoi elle parle.

Enfin, depuis sa prosternation, elle ouvre la bouche, elle est sur le point d'étouffer, et elle me le crie. Foutons le camp. On peut encore le faire, mon amour. Partons. Ce soir. Tout de suite. Dans la campagne, dans une forêt. Au Paraguay, si c'est ce que tu veux. Là où ni mes frères, ni les voisins, ni personne d'autre ne pourront nous trouver.

J'ai les larmes aux yeux, je lui tends la main, je l'aide à se mettre debout et je la mène jusqu'à mon lit. Avant de s'affaler à bout de forces comme si elle avait reçu une estocade, elle s'accroche à mon cou et lâche tout son poids sur moi. En sentant cette respiration agitée, j'imagine. Nous sommes deux moribonds au milieu de l'océan et elle croit que je peux la sauver. Elle ne sait pas que la seule chose que je veux c'est toucher sans plus attendre le fond.

*

Mort dans le futur et donc morte aussi Irina, il ne me reste à présent qu'à mener à terme les humbles travaux qui m'ont été confiés. Je m'en vais à la ferme avant qu'elle ne se lève et je passe deux jours à peindre le fourgon hermétique du camion avec le logo du ministère de la Culture : le drapeau de la vieille république, d'un côté le bleu, de l'autre le rouge, et au milieu le profil de Marianne.

Je sors de mon sac à dos le pot des confitures de maman plein de papiers découpés avec leurs mots. Je souris, je sais que c'est la dernière fois que je le fais. Je pose le pot sur la table de travail, je ferme les yeux et plonge la main dans l'ouverture pour retirer trois mots au hasard. Ils me semblent choisis par une intelligence supérieure :

Demain.

Victoire.

Soleil.

Je fais les pochoirs en carton et ne m'attarde que très peu avec le pinceau huileux, laissant sécher les nouveaux mots sur le vieux drapeau. Je les lis. Ils me paraissent bien meilleurs que ceux de la vieille révolution, ces mots qui ont défini une république qui est maintenant sur le point de crever.

*

Je fais rouler les trois piédestaux en bois avec les sculptures sur la rampe jusqu'au fourgon du camion et, avant de le fermer, j'y dépose le paquet qui contient les tracts. Le premier arrêt, à 16 h, est pour un centre artistico-communal du quartier AB3. De jeunes Arabes et Noirs fraternisent avec des enfants français sous le regard aveugle de leurs mères gauchistes ou droguées.

Sur la place pavée qui s'étend devant le bâtiment, il y a assez de place. Je porte un bleu de travail, des gants gris pour les travaux pénibles, une casquette avec une grande visière, bleue elle aussi, et des lunettes noires. Sous le bleu, je porte cinq couches de vêtements et un faux ventre. J'ai l'air d'un ouvrier obèse. J'ouvre le fourgon, je sors la rampe et laisse rouler la sculpture du premier ange.

Je la pousse jusqu'au meilleur coin, très près d'une grande jardinière. Je bloque les petites roues et je m'arrête pour contempler ce qui est sans doute mon chef-d'œuvre. L'ange-enfant, pointant vers le ciel son index, qui veut voler mais ne le peut pas, agrippé par la gravité, enfoui dans la boue de cette vallée de larmes.

De retour au camion, je sors le premier paquet avec les tracts, sur lesquels il n'y a d'imprimé que le signe définitif, la fin. J'en laisse plus de trois cents à un angle de la base carrée, maintenus par de petites pierres tirées de mes sillons. Les étudiants du centre culturel n'en ont rien à faire. Je ferme les portes du camion et je m'en vais.

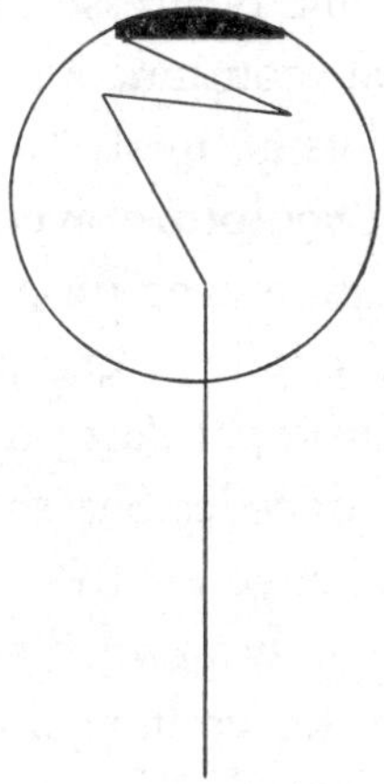

Le deuxième arrêt correspond à un bâtiment d'habitations à loyer modéré dans la banlieue arabe de DEF-I. Avant de descendre, je me débarrasse des lunettes, de la combinaison de travail et de toutes les couches de vêtements, sauf une. Je fais rouler la sculpture sur sa plateforme jusqu'à la limite d'un jardin mal entretenu, devant le bâtiment, à une trentaine de mètres des groupes de basanés. C'est mon roi-ange. Rayonnant, les sourcils froncés, il attend patiemment que l'on s'approche de lui.

La troisième sculpture est à son avantage sur le marché de denrées africaines, de pâtisseries arabes et de chocolat chaud qui s'installe sur la place du TN. Je la pousse en roulant jusqu'au bout de la rangée des stands alimentaires. Le soir commence à tomber, mais je la laisse sous le plus grand des lampadaires pour qu'on puisse la voir depuis tous les stands. Une vieille Négresse s'approche de moi tandis que son mari continue à inciter les badauds à acheter ses poulets au miel.

Elle regarde la sculpture avec un sourire très grand et me demande avec un accent terreux qui m'a envoyé. Je lui explique que je fais partie d'un projet de socialisation par l'art promu par le ministère de la Culture dans les parcs et les places de la ville. Elle dit que l'ange est très joli. *Un peu d'art, c'est tout ce qui nous manque*, dit-elle aussi. Elle le fait sans me regarder, comme si elle parlait seule, comme si elle s'adressait à l'ange.

Je lui tourne le dos et m'éloigne sans prendre congé. Il est exactement 19 h quand je reviens au camion pour enfiler une autre combinaison de travail, cette fois noire. Il y a foule dans le marché, des groupes de gens debout, devant presque tous les stands, qui boivent, qui fument. Des étudiants, des drogués, des communistes, des immigrants de toutes les couleurs. Certains s'approchent déjà de l'ange, commentent, regardent le logo sans le comprendre.

*

J'abandonne le camion rue de C, à sept pâtés de maisons du bâtiment. Ensuite, je passe par la poste et envoie au plus important quotidien de la république une enveloppe format lettre, avec mon nom et mon adresse comme expéditeur. La soirée est fraîche, il y a un léger vent qui amène les odeurs d'ail, de cannelle et de viande de poulet des cuisines. J'entre dans le restaurant indien Bombay. C'est l'un des restaurants préférés d'Irina. Je commande une assiette de légumes aigre-doux au yaourt, ce pain pauvre que les basanés appellent *naan*, une bouteille de limonade et une autre de Coca-Cola.

J'avale lentement, faisant des efforts pour ne pas vomir. J'essaie de diluer le goût des aliments avec le gaz des boissons. Les immigrants qui s'assoient aux autres tables m'ignorent. Lorsque j'ai fini, je demande l'addition, je paie et laisse un généreux pourboire, je prends congé du serveur indien avec un grand sourire puis me dirige vers les toilettes. Il y a une petite fenêtre qui donne sur la ruelle derrière, là où stationnent les camions qui livrent les restaurants. Je mets le masque de chirurgien et la perruque blonde. Je jette la combinaison à la poubelle, à côté de la porte, je me mets debout sur la cuvette et me penche par la petite fenêtre pour m'assurer que dehors le silence est total.

*

Le trajet depuis la ruelle jusque chez moi n'est pas facile du tout. Ça fait trois jours que je ne prends pas de comprimés et je sais parfaitement comment va finir ma vie. Tous les visages semblent être plus près qu'ils ne le sont, tous les bruits et les voix semblent avoir le même volume, trop fort, et produisent une cacophonie qui me rend confus et me trouble la vue. Je me fraie un passage avec beaucoup de difficulté entre les gens qui attendent le bus. Tous les trois pas, je dois m'arrêter pour respirer. Je me laisse aller sur une façade, croyant que je n'en puis plus, que je vais étouffer.

Je m'arrête, ferme les yeux, compte jusqu'à cinq et, lorsque j'ouvre les yeux de nouveau, je vois deux hommes qui me regardent fixement, l'air très sérieux. Ils sont à trois ou quatre mètres de distance l'un de l'autre, avec beaucoup de monde entre eux, mais je suis certain qu'ils sont ensemble et qu'ils savent tout. Je me remets à marcher en titubant, de plus en plus vite et de plus en plus pris de vertiges, jusqu'à ce que je heurte une grosse Négresse qui transporte toutes ses courses dans un chariot en toile.

Les sachets s'ouvrent et les légumes et les boîtes de conserve roulent sur le sol. Lorsqu'elle se baisse pour les ramasser, elle me regarde du coin de l'œil. Elle me dit (ou je crois qu'elle me dit, à voix très basse, un murmure presque imperceptible) que la police se chargera bien de m'apprendre les bonnes manières. Je me mets à courir. Depuis l'angle de la rue de C et de la rue de F, avant de traverser pour parvenir à la porte de mon immeuble, je peux voir, à travers la pénombre de son magasin, la Roumaine. Il est 19 h 30 et, à cette heure-ci, la boutique ne devrait pas être ouverte, et des vieilles ne devraient pas circuler sur les trottoirs avec des caddies de courses, et l'arrêt de bus devrait être désert.

C'est impossible, rien de tout cela n'est possible, mais il ne me reste pas d'autre choix que d'accepter que c'est ainsi, que je ne suis pas dans un cauchemar, que ça se passe ainsi et que je suis là. Les énormes yeux cernés de la Roumaine me regardent et, malgré la distance et l'obscurité, il est évident qu'ils se moquent de moi. Je gémis presque, je sens que j'étouffe, je suis convaincu que le regard de la Roumaine me poursuit jusqu'à la porte d'entrée ; je parviens à pénétrer dans le bâtiment et, dans l'obscurité absolue, à grimper deux à deux les marches, inquiet de mon cœur qui pourrait me lâcher avant que j'arrive.

*

Un instant avant que ça se produise, je sais que ça va se produire.

La lumière de l'escalier s'allume.

Debout devant sa porte, immobile comme un mannequin, un sac-poubelle à la main, se trouve l'écrivain torve. Je le vois peu avant d'arriver à son palier. Il me regarde sans me saluer. Sans faire un seul geste, comme si c'était vraiment un mannequin ou une machine. Je réussis à passer devant lui sans le regarder, je continue à monter les marches de deux en deux, et quand enfin je tourne la clé dans la serrure, sa voix me parvient.

La pluie dissout le plâtre, est-il en train de dire. Il ne peut pas dire ça, c'est impossible qu'il sache quelque chose, mais tandis que je pense, je me rappelle les visages à l'arrêt de bus, les paroles de la grosse sur le trottoir, le regard de la Roumaine dans l'obscurité. La clé se coince, j'ai les mains qui tremblent et j'ai très peur. La phrase est répétée trois fois de plus et le volume est chaque fois plus fort, comme si l'écrivain s'avançait vers moi : *La pluie dissout le plâtre.*

Le bruit de quelque chose qui se casse retentit dans le vide. Je crois que c'est la clé, mais elle est entière dans ma main. En un éclair, je pense que c'est la porte de l'écrivain qui s'est fermée et que c'est le sac-poubelle qui a été lancé dans le vide et que c'est le corps même de l'écrivain, coupé en deux. Je ferme la porte derrière moi et prends appui sur le mur du salon.

*

Je vais directement à la douche et reste sous l'eau glacée vingt-sept minutes. Je sors, me sèche très lentement et me dirige toujours nu vers la chambre. Il y a une petite feuille de papier rayé sur le lit. J'allume la veilleuse de la table de nuit. En lettres rondes, enfantines, écrites au stylo à bille rouge, Irina m'informe qu'elle est à la campagne, dans la maison d'une amie.

Elle finit la lettre par un « Je t'aime » et un petit visage souriant et un cœur.

*

Il ne me reste plus qu'à prendre congé de toi, maman.

Tu m'as fait comme ça. Déterminé, prêt à faire passer l'intérêt collectif avant l'intérêt individuel. Généreux. Idéaliste. Courageux. Ce n'est pas de ma faute si je suis né avec un pénis et que, à cause de ça, je souffre de la maladie commune à tous les autres hommes de la planète (tous des violeurs, tous des suicidés en puissance).

J'accomplirai ce dont j'ai été chargé par la république en ruine et je l'accomplirai en hommage à toi et à la petite Eva. Je prends congé, maman, ici, dans l'intimité et le silence du journal, mais aussi dans l'esprit. Dans peu d'heures, nous nous retrouverons dans le ciel des justes, étant déjà autres. À bientôt, maman. Je te pardonne tout, et j'espère que tu sauras aussi me pardonner. Attends-moi là-haut, reçois-moi en ton sein de nouveau, fais-moi croire que jamais je ne suis né.

*

En jetant la lettre d'Irina à la poubelle, je sais que je suis sauvé et que désormais rien ne peut m'arrêter. Le bonheur me déborde. Je ne peux pas contrôler le rire et comme ça, sans m'habiller, je remarque chaque détail. Je pose l'immense télévision dont j'ai fait cadeau à Irina sur la table au milieu du séjour. Je sers de petites assiettes de légumes frais (tomates minuscules, lamelles très longues de carotte, concombres en rondelles, roquette, laitue, poivron).

À 20 h 30, je m'allonge sur le canapé et mets une chaîne d'information en continu. Les journalistes parlent d'indices économiques et interviewent un expert en politique monétaire. Cinq minutes se sont exactement écoulées quand j'entends l'explosion à travers les fenêtres que j'ai laissées ouvertes. Mon pouls s'accélère et mon sourire menace de se muer en éclat de rire. Je me mets debout, j'éteins toutes les lumières. Je monte le son et je n'ai qu'à attendre six minutes de plus.

La transmission normale s'interrompt et l'on passe à une caméra qui est dans la rue. Derrière un journaliste très maigre il y a de la fumée et les lumières des gyrophares de la police. Les présentateurs en studio essaient de communiquer avec le journaliste, mais c'est impossible, ils ne s'entendent pas, la dernière chose qu'on voit c'est le journaliste bousculé par une bande d'Arabes qui courent.

Toujours sans le son, la chaîne d'information montre ce qui vient d'arriver dans le centre communautaro-artistique d'AB3, comme une caméra de surveillance l'a enregistré. Sur mon écran de soixante-quinze pouces, en très haute définition, en noir et blanc, l'explosion fait sauter dans les airs les fruits, les stands où ils étaient exposés, et les marchands qui les vendaient. Je vois des morceaux de corps sur le sol et brusquement le micro de la caméra fonctionne et l'on n'entend que des cris en plusieurs langues et les alarmes des voitures.

La transmission reprend avec les présentateurs en studio. Ils disent que l'on soupçonne le terrorisme islamique et que le ministère de l'Intérieur a annoncé une déclaration officielle qui parviendra dans les minutes qui suivent. Il y a plus de dix secondes de silence au cours desquelles ni les réalisateurs ni les caméramans ne savent que faire, au cours desquelles les présentateurs sont si effrayés qu'ils font de la peine.

Et alors retentit la deuxième explosion. C'est impossible, je ne peux pas l'entendre à tant de kilomètres, mais je l'entends. Il ne se passe que six minutes et ils ont déjà un reporter debout devant la scène des faits. Je ne sais pas comment ils se sont débrouillés, comment ils sont arrivés aussi vite à la banlieue de DEF-1, pourquoi ils ont eu tant de chance, mais le reporter est déjà en direct ; avant que n'arrivent la police et les secouristes, il se place sur le côté pour que son caméraman puisse zoomer.

La scène est digne d'une guerre au Moyen-Orient. Il y a un jeune type basané, avec une capuche de membre de gang, qui se traîne avec la paume des mains sur le sol parce qu'il ne reste de ses jambes que de la charpie mêlée à son pantalon en lambeaux. La caméra pivote vers la gauche et montre maintenant une femme voilée comme une musulmane, elle a les yeux très ouverts. De loin, elle a l'air d'être seulement effrayée, mais le caméraman fait bien son travail et nous montre son visage entièrement brûlé.

Plus loin, derrière, sur les marches du bâtiment, il y a plusieurs corps, sur le ventre, le visage contre le granit.

*

Lorsque la troisième bombe explose, celle de la place du TN, j'ai déjà éteint la télévision et je me suis couché dans mon lit, sur le dos, sentant que mon corps ne me pèse plus, ne me fait plus souffrir, comme si j'étais enfin mort. Je peux voir dans mon esprit les bouches des basanés hurlant, la panique déchaînée. Dans le même temps, je sens l'odeur du parfum d'Irina sur l'oreiller. Je l'imagine nue, assise sur la petite chaise verte, les jambes très écartées, comme si souvent elle l'a été. J'éprouve une tendresse infinie devant cette image. Je me demande si elle a déjà vu les informations à la télévision, si elle les verra avant de revenir en ville. Si elle reviendra. Si elle renoncera à tout et disparaîtra. Si elle essaiera d'arrêter son père, ses frères.

*

Le journal *Le Monde* recevra demain les copies de l'adieu, sur papier, avec mon empreinte trempée dans mon sang en guise de signature. Peu de mots, les mots indispensables : j'ai fait ce que j'ai fait et le futur de la vieille république sera lumineux à présent que tous ont commencé, enfin, à s'éveiller.

*

J'ai fait mon devoir, il ne me reste que le connu :

Voir pour la dernière fois la façade du bâtiment d'Irina, les fenêtres désormais pour toujours sombres.

Passer dans ta chambre, Eva. M'agenouiller devant ton autel, embrasser notre photographie, laisser ma gorge se serrer de nostalgie, de peur et de bonheur.

Parcourir lentement chaque mètre, touchant délicatement la surface de tous les objets.

M'asseoir sur le sol, les jambes croisées et le dos touchant le tiroir de la petite table, à quatre mètres de la porte fermée.

Serrer la crosse froide du pistolet, remercier pour avoir vécu et pour être sur le point de ne plus vivre.

L'écrire immédiatement dans le journal, ouvert sur le sol, à côté de moi : *serrer la crosse froide du pistolet et remercier...*

Sans l'avoir cherché, me souvenir de la fumée noire qui s'échappe du dos calciné de l'un des corps étendu sur le sol, et des hurlements d'une Négresse courant et du visage paniqué du reporter.

Entendre le claquement de la lumière qui s'allume en bas, à la porte d'entrée.

Voir comment lentement apparaissent à ma conscience les lèvres d'Irina (plus qu'une enfant, presque un ange, ici, maintenant, juste à la fin) et voir comment ça disparaît à nouveau.

Sourire, moi aussi, et fermer enfin les yeux.

NOTABILIA

Catalogue

12 *La condition pavillonnaire*
Sophie Divry

13 *Le dernier gardien d'Ellis Island*
Gaëlle Josse

14 *Place ouverte à Bordeaux*
Hanne Ørstavik

15 *La Péninsule*
Louis-Bernard Robitaille

16 *La fin de l'autre monde*
Filippo D'Angelo

17 *Spring Hope*
Sam Savage

18 *Valse mémoire*
Violaine Ripoll

19 *Les enfants de Dimmuvík*
Jón Atli Jónasson

20 *Quand le diable sortit de la salle de bain*
Sophie Divry

21 *Atlas des reflets célestes*
Goran Petrović

22 *Cinq histoires russes*
Elena Balzamo

23 *L'ombre de nos nuits*
Gaëlle Josse

24 *Nous sommes restées à fixer l'horizon*
Mona Høvring

39 *Dans la baie fauve*
Sara Baume

40 *Le bruit du monde*
Stéphanie Chaillou

41 *Looking back*
Tecia Werbowski

42 *Trois fois la fin du monde*
Sophie Divry

43 *Onzième roman, livre dix-huit*
Dag Solstad

44 *Dernières lettres de Montmartre*
Qiu Miaojin

45 *Le discours vide*
Mario Levrero

46 *État d'ivresse*
Denis Michelis

47 *Bonne élève*
Paula Porroni

48 *Un rien de lumière*
Vladan Matijević

49 *Une femme en contre-jour*
Gaëlle Josse

50 *L'absence de ciel*
Adrien Blouët

51 *Borgo Vecchio*
Giosuè Calaciura

52 *Un vrai salaud*
Louis-Bernard Robitaille

53 *Tout ce que je sais du temps*
Goran Petrović

54 *Pour Luky*
Aurélien Delsaux

55 *Fanny et le mystère de la forêt en deuil*
Rune Christiansen

56 *Un jour d'été que rien ne distinguait*
Stéphanie Chaillou

57 *La petite dernière*
Fatima Daas

58 *Rassemblez-vous en mon nom*
Maya Angelou

59 *Ce matin-là*
Gaëlle Josse

60 *La belle saison*
Ludmila Charles

61 *T. Singer*
Dag Solstad

62 *Curiosity*
Sophie Divry

63 *Les carnets du crocodile*
Qiu Miaojin

64 *Encore une journée divine*
Denis Michelis

65 *Parce que Vénus a frôlé un cyclamen le jour de ma naissance*
Mona Høvring

66 *Les immeubles de fer*
Adrien Blouët

67 *Le roman lumineux*
Mario Levrero

68 *Asphalte*
Matthieu Zaccagna

69 *Regarde-moi*
Antonio Ungar

Hors collection

22 lettres imaginaires d'écrivains bien réels
Maria Negroni

Défense de Prosper Brouillon
Éric Chevillard (illustré par Jean-François Martin)

Prosper à l'œuvre
Éric Chevillard (illustré par Jean-François Martin)

Le Tram de Noël
Giosuè Calaciura (illustré par Gérard DuBois)

Retrouvez toutes nos publications sur
www.leseditionsnoirsurblanc.fr

COMPOSITION ET MISE EN PAGES
NORD COMPO À VILLENEUVE-D'ASCQ

CET OUVRAGE A ÉTÉ ACHEVÉ D'IMPRIMER
SUR ROTO-PAGE
PAR L'IMPRIMERIE FLOCH À MAYENNE
EN DÉCEMBRE 2021

N° d'impression : 99461
Dépôt légal : janvier 2022
Imprimé en France